Patrice Martinez

Chroniques de Déméter

2

La tombe d'Hestia

La tombe d'Hestia

"Deus ex machina"

" Le temps est sage, il révèle tout."
Thalès de Milet

"Le ventre est le plus grand de tous les dieux."
Euripide

* : *Au théâtre, mécanisme permettant de faire entrer sur scène une représentation divine*

Édition : BoD – Books on Demand, 12/14 rond-point des Champs-Élysées, 75008 Paris
Impression : BoD - Books on Demand, Norderstedt, Allemagne
ISBN : 9782322198436
Dépôt légal : Mois et année de publication (février 2021)

Illustration : John Collier – Prêtresse de Delphes (1891) -

PROLOGUE

La planète Terre n'était plus qu'un astre mort, éventrée, dépouillée de ses ressources énergétiques et anéantie par les conflits récurrents entre la coalition des Hellènes et les tribus médo-perses. À des milliards de stades de là, l'Empire de l'Hellade sillonnait un nouveau monde, le Léthé – la galaxie où baignent Déméter et son soleil Phébus –, et colonisait des systèmes solaires viables, sans âmes ou peuplés d'autochtones, en s'imposant par une permanence de tribus grecques. Chaque système planétaire était pourvu de cités, dotées d'une république ou d'une aristocratie à dominante oligarchique.

Durant la 1513e olympiade, le monarque Acrisios, roi d'Argos, régnait sur la coalition hellénique d'une main de fer... mais Zeus Olumpios – le maître de l'Olympe – avait décidé de mettre un terme à son trône...

L'ennemi vient toujours de l'intérieur

Au sein de la galaxie du Léthé, le drapé céleste des nymphes Ouranies déployait sa parure étoilée. Soudain un vaisseau d'attaque perse pénétra le domaine spatial des Hellènes... Le chasseur de combat explosa dans une gerbe étincelante et se désintégra, ne laissant de sa brève existence qu'un monceau de débris divaguer dans le vide interstellaire – l'onde de choc se propagea sur quelques stades, avant de se décomposer par la grâce du champ protecteur immatériel.

Le monarque Acrisios se retourna vers son cousin, le magistrat Cinésias, le visage barré d'un sourire radieux :

– *"À la guerre, l'occasion n'attend pas !"* aphorisme de Thucydide l'Athénien, énonça le roi de la Nouvelle Argos et de Sparte.

Puis le plus grand des stratèges bomba le torse ; une simple manière de se réconforter après cette démonstration martiale de grande envergure.

– Votre bouclier a bien fonctionné, Seigneur Acrisios.

– Vous en doutiez ? Le bouclier Peltè est bien plus qu'un simple champ de force. Il a fallu déployer toute une escouade de chercheurs, physiciens et techniciens talentueux pour mener à bien cette grande aventure spatiale. Le bouclier Peltè n'est pas seulement qu'un blindage contre la force perse, mais une protection contre des risques de collisions issus des aérolithes errant le long du corridor de l'Hellespont. Dorénavant, la maison d'Atrée est en sécurité…

De son pouce bagué, le sénateur Cinésias caressa le relief tourmenté du pommeau, qu'il agrippa d'une main ferme. Le teint blafard du politicien contrastait avec le rouge cramoisi de sa toge. Les éraflures du thyrse, localisées sur le troisième œil de l'effigie olympien, avaient entamé le portrait de Zeus Patrôos, gravé à même le pommeau de gemme rare. Le cabochon recelait en son cœur un trésor particulier : des capsules d'opiacés y étaient cloîtrées, un secours analgésique pour le propriétaire du porteur de hampe. Les affres de la douleur pouvaient survenir n'importe quand, et même la puissante Corporation médicale *Asklépios* baissait les bras devant sa maladie. La tumeur du pancréas progressait lentement et affaiblissait peu à peu ses fonctions vitales mais cela n'empêchait pas le sénateur d'assister à cet événement majeur : la mise en branle de la couverture spatiale Peltè !

Le roi d'Argos et de Sparte manda le capitaine Ménon, commandant du vaisseau amiral l'*Antipatros* :

– Nous rentrons chez nous, Capitaine !

L'immense nef de guerre pivota sur elle-même, puis orienta sa proue vers le globe bleuté de la planète Déméter, inondant de sa masse sphéroïdale la baie vitrée du navire hellénique. Les tuyères à propulsion atomique crachèrent leurs feux et dévorèrent la matière nucléaire résidant dans l'antre du vaisseau amiral. Pour l'instant, la station spatiale Hélios n'était qu'un simple point lumineux bleuté, dessiné sur le vaste champ stellaire de la galaxie du Léthé. En poupe, la barrière immatérielle du champ de protection Peltè retournait à son état de veille, en attente d'une collision à venir... La coalition médo-perse pouvait survenir, la planète des Hellènes était bien protégée derrière son blindage antiaérien !

Chroniques de Déméter :

"Contemplez ce planétoïde ! N'est-il pas au summum de la perfection ? Les courants aériens modèlent ce monde sans la moindre turbulence, et les pressions atmosphériques n'oppressent en aucune façon son merveilleux éther. Les ludions, que vous voyez parader tout autour de nous, illustrent cette sommité d'état d'équilibre entre le haut et le bas, le froid et le chaud, le dense et l'éthéré... Notre Dionysos serait fier de participer à la future élaboration d'un monde parfait ! Mais il reste encore tant à faire, et les vacarmes politiques régnant sur Déméter et les planètes sœurs ne peuvent que freiner notre projet grandiose. La caste religieuse sera notre propre adversaire... Car où demeure la paix, l'homme ne sait que la brader !"

Allocution du seigneur Antigone de Béotie, naturaliste et géologue du Collège des Sciences, lors d'un colloque scientifique sur la planète Tau-Thétis, le quatre de la deuxième décade du mois de Boédromion, durant la deuxième année de la 1619ᵉ olympiade.

1

Mauvais augures

Quelques olympiades plus tard, à Delphes :

Les deux gardes du roi de l'Agéma stationnaient devant la crypte. Les serviteurs du temple comme le maître *coquus*[1] étaient mis à l'écart de l'enceinte sacrée ; seules demeuraient en son sein la sibylle et... une illustre personne des Hellènes : le roi Acrisios !

La vierge, sise sur son trépied d'or et d'argent, se mouvait mollement. Elle tanguait, telle une frêle embarcation prise d'assaut par la houle de Thalassa. La pythie ne subissait pas la fureur du dieu Océan mais des narcotiques prises journellement dans l'arène sacrée. D'un style corinthien, les colonnes d'albâtre encadraient la jeune pythonisse effarouchée, soumise à une captivité forcée. Pareilles à la chevelure de l'hypnotisante Méduse, ses mèches de cheveux flottaient sur les flux des courants aériens, serpentant entre les colonnes du péristyle.

Le monarque de la cité d'Argos et de Sparte se tourna vers le prêtre, dont les interprétations de la pythie pouvaient varier suivant ses appétences boursières ou de l'attirance physique concernant l'individu installé devant lui.

– Alors !... s'exclama Acrisios, d'une exaspération mi-contenue.

– Sire ! La réponse m'est si difficile à interpréter, il y a tant d'inter...

– J'ai d'autres chats à fouetter que de perdre mon temps avec cette vierge folle, coupa-t-il sèchement.

La pythonisse poussa un grand cri, cassant la conversation des deux hommes.

– Pourquoi s'excite-t-elle ? tonna le monarque.

– Elle vient d'avoir une vision.

La jeune pythie poursuivit ses gémissements hermétiques, lançant de temps à autre une complainte, dont elle seule — ou le prêtre intercesseur — pouvait en comprendre les auspices. L'officiant tanguait, lui aussi, et semblait soucieux de l'affaire qui germait là :

– Je crains pour votre personne, Sire !

– C'est-à-dire ?.. Nous ne sommes plus des enfants, lâche le morceau ou je fais entrer mes cerbères et je leur ordonne de te fouetter sur le champ !

– La pythie augure un grand drame... Je distingue... euh !... la prêtresse discerne une trame arachnéenne se tissant lentement autour de votre illustre personne... Un enfant, un bébé sort des limbes et sera source de malheurs envers votre trône...

Le monarque plaça son imposante main droite sur son visage, et en pétrit sa face sombre ; un simple réflexe permettant d'apaiser ses foudroyantes colères. Il parla à voix basse :

Danaé... Ma fille... Enceinte ? Cela ne peut être que son futur rejeton qui sera l'agent de cette terrible fatalité.

Le roi d'Argos se retourna et quitta la tholos, un temple d'une rotondité parfaite, sans un mot. Le tyran replongea son corps massif dans une nuit sombre, une nuit d'Hécate, laissant les résidents du temple au *bon soin* des gardes du corps, car... non ! jamais il ne fallait laisser de traces derrière soi. Simple automatisme sécuritaire de la plus haute autorité militaire des Hellènes, cela allait de soi !

***

    Les barres hydrauliques du cachot s'enfoncèrent dans leur logement commun, occultant toutes velléités d'évasion. Au fond de la cellule y était lovée une ombre recroquevillée sur elle-même, une âme esseulée et torturée par un destin implacable : Danaé restait prostrée dans un recoin froid de la forteresse pénitentiaire. La geôle demeurait aussi lugubre que les steppes de Tartare gisant aux tréfonds des Hadès, et le bleu du métal renforçait cette austère résidence pénitentiaire placée en orbite basse autour de la planète Déméter. Un arsenal de micros satellites orbitait tout autour de son imposante masse tubulaire, protégeant sa sombre carcasse de toute intrusion forcée. Quiconque s'évertuait à passer outre les recommandations du champ protecteur se trouverait en fâcheuse posture, aucun compromis que ce soit ne prévaudrait dans ce cas.
    Le magistrat Posidonios s'approcha des traverses métalliques, dont leur diamètre devait bien égaler les bras imposants des valeureux gardes Scythes. Il regarda la nouvelle pensionnaire du lieu carcéral. Dans le mental du fonctionnaire de tristes pensées s'y mouvaient : les conditions de la détenue ne lui plaisaient guère. Les pans gris anthracite de la toge du fonctionnaire flottaient mollement autour de sa personne, offrant à la vue de Danaé l'image fugitive d'une arme terrifiante : le *foudre* était relié au bassin par une lanière en cuir, et son corpulent détenteur pouvait à tout moment prouver l'étendue de son champ d'action.
    Posidonios appuya sur une touche, lovée dans un pan du mur, puis ôta la fibule du veston en cuir et l'enficha au centre de la barre transversale, permettant de faire coulisser les barreaux au sein du châssis. En glissant, les barres chuintèrent comme des âmes errantes flottant sur les rives du Cocyte, un fleuve des enfers. Le fonctionnaire forma un demi-sourire et pénétra le seuil de la cellule…
    – Votre père m'a sommé de prendre soin de votre personne, princesse Danaé, afin de vous éviter tous les désagréments des autres pensionnaires de la prison. On vous a choyé et octroyé le meilleur cachot du pénitencier, continua-t-il d'un ton désinvolte.

La jeune femme redressa la tête, offrant un visage livide au plus grand des malandrins venant de l'autorité suzeraine.

– Si vraiment il souhaite ce qu'il y a de meilleur pour sa fille, alors qu'il me sorte de ce Tartare !

– Soyez indulgente envers notre Seigneur, maîtresse, il œuvre pour le bien et la sécurité de l'Empire. Je comprends votre désarroi, princesse, et en qualité du plus illustre représentant de notre Seigneur Zeus Pater, votre père se doit de gouverner avec sagesse et prudence, malgré ce que son cœur lui dicte…

– Ah ! Ah ! Ah !... Son cœur ? coupa-t-elle sèchement, mon père aurait-il un cœur ? Permettez-moi d'en douter. Dites-lui que sa fille lui pardonnera cette folle ordonnance s'il revient à la raison. Mais je doute qu'il entende mes supplices, il a trop à faire et à défaire son monde, oh combien corrompu, pour les écouter avec attention ! La princesse bascula la tête en arrière, sa chevelure touchant la cloison.

Le magistrat resta sans voix, observant la progéniture du plus grand despote de l'Argolide pleurer au fond de sa cellule.

– Dame Épictéta ne devrait plus tarder maintenant. Elle vous confiera tout ce que notre bon Seigneur d'Argos attend de vous, et soyez agréable avec votre tutrice, car elle est loin d'être aussi indulgente que moi.

Sur ces dires, le magistrat recula et refit coulisser les barreaux. Les barres émirent leur désarroi en mugissant, d'être restées trop longtemps cloisonnées du bâti en métal forgé. Danaé se leva précipitamment et courut jusqu'aux traverses. Elle agrippa la barre transversale positionnée à sa hauteur :

– Où sont mes droits ? Pourquoi cette incarcération ? Où est donc le héraut ayant lu la sentence à mon encontre ? Répondez-moi ! Je suis votre princesse, vous devez me répondre… Vous entendez ? Je suis innocente ! Vous n'avez pas le droit de me laisser croupir ici ! hurla-t-elle.

D'un regard sombre, elle maudit l'homme fuyant comme une ombre des Hadès devant le châtiment édicté par les trois juges des Enfers. Épictéta s'affala à même le sol froid et lugubre de la geôle. Ses cheveux, couleur de jais, inondaient son corps de lait affecté par une réclusion bien plus mentale que physique. Un bruit de pas cassa sa profonde léthargie : une femme émergea de la coursive, une fiole dans ses mains. La tunique en cuir tombait jusqu'aux chevilles, et ses bottes lustrées jour après jour laissaient paraître leurs plis de fatigue.

— Redressez-vous, ma fille ! Il est particulièrement indécent pour une dame d'Argos de se morfondre dans les plus bas tourments de l'émotivité humaine.

La femme caressa la touche sensitive, puis passa sa fibule à encodage dans la barre centrale de l'enceinte. Un cliquetis perça la nuit artificielle de la prison, et les traverses coulissèrent rapidement vers le mur opposé s'y enfonçant dans un bruit pneumatique ; le seuil du cachot venait de se libérer. Elle replaça la fibule dans un repli du manteau et déposa le plateau sur la console métallique, placée face à l'entrée. Derrière sa noble personne, les barres de la geôle se déployèrent, entaillant le bleu des cloisons dans un râle à faire pâlir la déesse Échidna. La fonctionnaire appuya sur le commutateur, niché près du vestibule de la cellule. La clarté se fit progressivement, la lampe à arc gagna toute sa vigueur et offrit à sa vue l'alvéole spartiate où se trouvait recluse la princesse. Dame Épictéta se retourna et agrippa la détenue, puis la déposa sur la couche amarrée contre la cloison. Elle susurra quelques mots :

— Si vous offrez votre mental au défaitisme, jamais vous n'aurez l'occasion d'affronter vos propres démons !

Elle défit le fichu attaché à son cou et s'en alla le tremper sous un filet d'eau. Épictéta déposa le carré humide sur le front de Danaé. Le bandeau de soie sombre barrait son front, renforçant le contraste entre son teint laiteux et l'aven de cotonnade à l'écusson de l'Agéma, le blason de la garde royale. Deux visages s'opposaient : l'un olivâtre, dont les marques du temps officiaient sur une peau flétrie par les contraintes des charges administratives, et l'autre, identique au derme velouté d'un nouveau-né, caché des meurtrissures d'un Hélios farouche par les ombrelles somptueuses du foyer royal.

Danaé redressa la tête, et plongea son regard livide dans les yeux de sa surveillante. Épictéta cassa le silence :

— Mon rôle ne se limite pas qu'à transmettre vos suppliques auprès de votre père, mais aussi d'être à votre écoute…

— Madame ! coupa sèchement la princesse, vous identifiez votre démarche d'*épiskopos*[2] à celle d'*épitropos*[3], cette dernière instance ne vous étant point assignée me semble-t-il. Il ne tient qu'aux prérogatives de mon *cher père* pour ainsi vous enorgueillir *tutrice* de ma personne !

Épictéta présenta sa main droite à Danaé ; le pouce, bagué d'une gemme d'ambre, offrait à la vue de la princesse l'image d'une tête de Méduse à l'effigie de Zeus Herkeios.

– N'est-ce pas l'alliance de notre roi, baguée au pouce droit de sa servante ?

– Oui, Madame. C'est bien le Sauf-conduit royal.

– Votre père m'a déléguée l'entière responsabilité envers votre personne. Si vous faites obstacle à mes devoirs, je serai en droit d'intensifier votre réclusion, et par des moyens moins policés qu'actuellement...

Un silence pesant s'installa, les rais de lumière exposaient le ballet des particules de poussière, virevoltant sur un fond bleu acier. Puis la curatrice se redressa et se dirigea vers le hublot. La fenêtre donnait sur le velours céleste. Les amas stellaires brillaient de mille feux. Les étoiles rendaient le drapé sidéral aussi scintillant que l'éclat d'un diamant brut placé devant le char solaire d'Hélios. La voûte stellaire se mouvait lentement : l'énorme masse tubulaire de la forteresse pénitentiaire pivotait sur elle-même afin d'apporter un réconfort gravitationnel sur l'ensemble des résidents.

"Il serait dommage que vos yeux soient écartés de ce formidable spectacle de la vie. *Des millions de soleils, et l'œil du Divin nageant dedans !*", formula-t-elle doucement.

– De quelle vie me parlez-vous, Madame ? La mienne est cloisonnée comme un frêle moineau emprisonné dans une cage d'airain. Si le Divin inonde la vaste étoffe sombre de Nyx, alors, c'est qu'Il consent l'inanité de cette incarcération !

La tutrice se retourna, toute colère dehors :

– En insultant Zeus Pater vous insultez le roi, prenez garde demoiselle, je pourrais devenir plus intransigeante à votre égard !

Ses yeux crachaient un gouffre aussi profond que les geôles de Sparte : deux trous noirs enchâssés sur un visage d'Hécate. Elle se radoucit, tout en observant la voûte étoilée.

– Savez-vous que l'ensemble des résidents reste isolé de cet œil-de-bœuf ? Entendez-vous leurs gémissements dans les sombres cachots de la prison ? Nous devons vous éloigner de tout rapport avec la gent masculine... Seules des femmes assureront votre service. Des Amazones, expressément recrutées par ma personne, pourvoiront à vos moindres besoins et caprices. Vous aurez même droit à quelques égards d'Éros venant de mes plus belles recrues, émit-elle malicieusement. Des Amazones, belles et consentantes...

— Est-ce donc mon destin que de rester cloîtrée dans cet odéon dédié au cauchemar ? Mon hymen vous est-il si dangereux ? Mon père fait foi en quelque pythie, intoxiquée par des vapeurs d'opiacés... Je suis vierge ! et vous le savez.

— Soyez patiente Danaé, le temps demeure votre seul adversaire. Et, je sais combien à votre âge il est si pénible de patienter. Mais ni vous ni moi, ne pouvons contrecarrer ce que le souverain ordonne. Restez à votre place et je resterai à la mienne. À chacun sa charge de ministère, le temps souscrira à vos supplications... Croyez-vous qu'il me soit agréable de croupir en cette demeure ? Tout comme vous, j'aspire à d'autres services plus gratifiants, mais mon maître ordonne et j'accours à ses ordonnances.

— Héra Teleia détient les clés de ma virginité, que désirez-vous de plus ?

— J'attends de vous l'acceptation de ces servitudes éphémères, et notre Seigneur Acrisios, notre bon Seigneur d'Argos, vous fera les largesses d'une vie pleine de joie et de liberté. Les gratitudes de notre Seigneur sont plus fastes que ses sombres colères.

Dame Épictéta renfonça la fibule dans la minuscule entaille, lovée sur un des barreaux,
puis s'éclipsa, offrant au silence la primauté d'investir les lieux.

La princesse s'approcha du sabord. Le scintillement de la trame céleste expira soudainement : la courbe bleutée de la planète Déméter venait d'occulter le drapé scintillant de la déesse *Astronomia*, la déité de la voûte étoilée...

***

La silhouette massive du plus haut dignitaire des Hellènes se découpait sur la tapisserie des Ateliers des Manufactures Royaux. Devant la pourpre et le bleu des fratries helléniques, le roi semblait défait. Son corps avait subitement rétréci — un goût amer de sénescence bien avant l'âge. Pouvait-il en être autrement, lorsqu'on lui apprit que sa fille risquait d'enfanter un démon. Il n'avait plus d'appétence à faire et défaire son monde. Acrisios traquait la moindre information sur sa tablette électronique, et attendait une dépêche de sa gouvernante sur la possible gésine de sa fille. Il avait pris le taureau par les cornes et avait devancé le destin, ou du moins le pensait-il. Acrisios ouvrit une fenêtre de la tabula et écrivit sur le verre synthétique au moyen du stylet élastomère :

Cette lettre est cryptée, tout intercepteur indélicat sera passible de peine de mort. Courriel protégé par le logiciel crypté "Scytale" ;
"- À l'attention de Dame Épictéta ;
- Ne laissez aucune alternative à ma fille ! ;
- Pratiquez une ablation des voies génitales, et cela dès que possible ;
- Je vous informe de la venue de notre obstétricienne Agnodice au sein du pénitencier ;
- Elle seule pourra faire cette intervention dans les règles de l'art ! ;
- Et faite en sorte que ma fille n'en sache rien !
- Je compte sur vous…"

***

Les feux du pont d'appontage clignotaient par intervalles réguliers ; les lueurs apportaient une note orphique à la scène stellaire. La base carcérale ressemblait à un caducée, orné d'un chatoiement lumineux destiné aux préliminaires des Hékatombaia, les fêtes dédiées à Apollo. Un colosse phallique parsemé d'éclats de diamants, déposé sur le velours noir du tableau céleste. Les microsatellites décrivaient une chorégraphie éthérée autour de son corps massif, tel un essaim d'abeilles entourant sa ruche et déterminé à la protéger coûte que coûte. Tout d'abord insignifiant, un point lumineux perça la trame du ciel, puis se dilata à vue d'œil. Le vaisseau stationna devant le pont d'amarrage, avant de s'y engouffrer happé par l'antre pénitentiaire. Danaé se retira du plexi, laissant l'œil-de-bœuf collecter le claveau céleste. La princesse s'installa sur le rebord de la couchette, les yeux ombragés par des larmes. Décade après décade, mois après mois, elle se fanait, elle s'étiolait comme une fleur d'asphodèle soumise à l'écart du feu nourrissant d'Hélios. Et pareille au dieu Phaéton, elle se voyait finir au fond de l'Érèbe, le fleuve des enfers, avec la prison comme couche mortuaire.

Un son strident parcourut les coursives de la forteresse pénitentiaire ; l'heure était au repos des âmes ! L'éclairage des cellules et des corridors s'assoupit, ne laissant plus que quelques lueurs, d'un bleu fluo, percer la nuit artificielle. Elle entendit quelques éclats de voix tonitruant venant du secteur des hommes, un mugissement métallique percuta les cloisons de la cellule, puis le silence reprit ses aises.

À l'extérieur, les fanaux de position d'une navette spatiale scintillaient ; un vaisseau attendait l'autorisation de la tour de contrôle afin d'élancer sa sombre carcasse dans le vide stellaire. Les tuyères de poussées crachèrent leurs feux et l'oiseau propulsa sa masse métallique dans les draps de Érèbe. Le point lumineux mourut : la navette venait de s'immerger au sein de Déméter ; la planète prenait des teintes d'un bleu glacé et de brun cuivré. Elle paraissait plus belle que jamais.

Danaé coula sous les draps et s'offrit aux bras de Morphée...

***

– Pourquoi ai-je été écarté de cette circulaire ? s'écria le magistrat Posidonios en voyant la bulle dressée devant lui par dame Épictéta.

– Ce n'est pas une circulaire, Seigneur Posidonios, mais bel et bien un mandat adressé à ma personne, que je vous remets aujourd'hui en main propre.

– Et seulement en ce jour ? En regardant fixement les deux femmes d'un regard froid.

– Parce... que... Dame Agnodice et moi-même étions tenues au secret d'État. Notre Wanax désirait qu'un minimum de personnes soient au courant de l'affaire. Si je vous remets aujourd'hui ce mandat, c'est pour ne point laisser échapper la moindre information venant d'Argos, et empêcher une quelconque ingérence de nos ennemis, dont leurs visées politiques auraient permis de discréditer les desseins du roi, dans ce secret d'État. Il aurait été malaisé de laisser des bruits de couloirs s'infiltrer dans les affaires de notre Seigneur.

Secret d'État... Secret de Polichinelle, songea le sénateur. *Toute l'Argolide est au courant de l'affaire.*

– Je ne comprends pas cette bulle. Quelle est la raison de votre venue, Madame ?

L'obstétricienne s'approcha du bureau, le visage amaigri — outarde en mal d'amour. Elle semblait si loin de ce que pouvait représenter la corporation maïeuticienne. Elle redressa le menton.

– Notre princesse est malade, Seigneur. De graves complications hormonales risquent d'affaiblir ses organes de parturitions, et je suis, ici, tenue d'apporter tout mon savoir-faire aux médecins de votre *valetudinarium*[4].

– Je ne comprends toujours pas, notre infirmerie détient ce qu'il y a de plus novateur en la matière. Enfin, si notre Seigneur désire que vous soyez là, alors faites ce que vous avez à faire. Notre service médical est à votre disposition. Je prendrai les mesures comme il se doit en pareil cas, et je ferai part dès demain matin de votre venue au Médecin en Chef de l'infirmerie, le seigneur Philoclès.

Les deux femmes se retirèrent du cabinet de travail de l'administrateur pénitentiaire. Passées le seuil, elles tournèrent leur tête de concert avec un sourire en coin pour connivences.

***

Le satellite Hellên déposait son dernier croissant de lune sur la courbure de Déméter. Les deux sphères se jouxtaient — le croissant de la génisse sacrée Io épousant le globe bleu outremer de la déesse de l'agriculture Déméter — en une brève étreinte sidérale sur un fond d'un noir d'obsidienne, avec en premier plan l'imposant collecteur pénitentiaire. Les microsatellites ressemblaient à de minces corpuscules cellulaires. Les sondes naviguaient autour de leur hampe métallique, à des fins purement carcérales…

Le sommeil de Danaé fut tourmenté et empli de cauchemars issus des colères de Morphée : un père autocrate rendant ses sentences à huis clos, des geôlières crachant leurs propos acerbes sur sa chair mise à nue. Puis Dame Agnodice jaillit dans la cellule, et ria aux éclats devant cette libation charnelle en l'honneur d'Hécate la Rebelle. La gynécologue s'abreuvait de ce tableau bacchanale, puis retira une fibule de son corsage et alla la planter dans le bassin de la séquestrée. Agnodice s'acharnait et recommençait maintes fois son acte sordide. Elle riait, emplissant les songes de Danaé d'une joie bestiale…

La princesse s'éveilla brusquement, le cœur battant chamade et le corps en sueur. À l'apparition de cette vision bachique son cœur s'était emballé, emportant son arythmie jusqu'aux obscurs caveaux de l'inconscient. Elle se releva, les membres contractés par des tremblements, le regard hagard, plongé dans le néant. Elle s'approcha de la vasque, plaquée contre la paroi en acier, et s'aspergea le visage du mince filet d'eau s'écoulant péniblement du col-de-cygne. Elle redressa la tête et s'aperçut que le vaste champ étoilé de la galaxie du Léthé s'étalait devant ses yeux ; le panorama était grandiose : des millions d'étoiles parsemaient une portion de la voûte stellaire, une rivière de diamants au cou de la déesse *Astronomia*. Un disque flou paradait devant elle, puis la netteté revint confirmant la vision du globe de Déméter ; des bleus et des ocres masquées par le drapé des nuages. Le manteau des nuées s'étirait tout en longueur sur le tropique nord de l'égide des Hellènes. Au sud, l'effigie d'un cyclone ressemblait à un énorme gouffre, et dévorait le tissu nuageux résidant dans les environs, comme un monstre issu d'Océan avalant les trières de la coalition.

Au-dessus de la courbe planétaire, une étincelle vint la contrarier : une nouvelle étoile s'éveilla ! L'astre irradiait, belle, d'une pureté sublime, épousant le galbe parfait de la planète. Malgré la proximité de l'espace atmosphérique ambiant, elle en perçait sa couche éthérée, et dévoilait sa splendeur. Son éclat frissonnait à cause de l'interface de gaz et de poussières enveloppant la planète des Hellènes. Mais d'une étoile, en fait, ce n'était que la formidable explosion d'une supernova, dégueulant sa masse stellaire à plusieurs milliards de stades de là. Sous l'effet d'une extraordinaire pression, la géante rouge implosa et dispersa son énergie en une stupéfiante déflagration thermonucléaire. Danaé pensa à son amant, le Seigneur des seigneurs, et caressa son ventre recelant un fruit nouveau ; elle savait que, son Seigneur avait déposé en son sein le germe de la vie. Elle observa durant quelques gouttes de clepsydre cette nouvelle-née et se renfonça dans la geôle de l'oubli. Une nouvelle fois, Zeus Olumpios venait de conquérir une mortelle…

S'écoulant du robinet en col-de-cygne par intervalle régulier, des gouttes d'eau explosaient au contact de la vasque. Le clapotis provoquait une syncope temporelle — l'insupportable clepsydre imposait son autocratie séculière. Jour après jour la princesse voyait filer le temps. Tel un sempiternel despote, le seigneur Chronos étirait ses fonctions....

Chroniques de Déméter :
"Il avait tout faux !" s'exclama Empédocle en parlant du roi d'Argos Acrisios. "Mettre en branle le projet 'Guerre des Étoiles' était sa plus grande erreur", reprit-il. "L'archonte Cinésias avait raison quand il lui assenait que le danger ne venait pas de l'extérieur mais de l'intrados des murs du Bouleutèrion[5]. La soif du pouvoir est pareille aux circonvolutions du requin, dès que la faim titille le prédateur, il fonce droit sur sa proie..."
Discours du rhéteur Empédocle, lors d'une conférence à l'hémicycle de l'Aréopage sur la colline d'Arès de la Nouvelle-Athènes, au cours du deuxième jour de la troisième décade du mois de Scirophorion, durant la première année de la 1622e olympiade.

2
La fureur du Wanax

Un mois plus tard.
Un silence pesant, rompu par la colère d'Acrisios :
– Comment est-ce possible, après avoir subi la destruction des follicules ovariens ? Elle est pourtant soumise à une détention sévère...
Le secrétaire marchait dans ses petits souliers, en voyant son roi dans une colère noire. Le souverain auscultait chaque potentialité venant à lui, afin de comprendre comment Danaé s'était retrouvée enceinte. *Partageait-elle sa couche avec un prisonnier ? Et cette opération médicale... comment peut-elle être en gestation ? Agnodice m'a dupé ! Un complot athénien ou macédonien ?*
– Seigneur ! Elle se dit l'*Héra Teleia* de notre bon Seigneur Zeus.
– Une union divine entre une mortelle et notre Zeus Pater ? Se joue-t-elle de ma personne ? Me prend-t-elle pour un vieil idiot ? Je suspecte plutôt un hymen illicite avec un détenu, voire avec un préposé de la prison... Nous allons prendre les mesures qui s'imposent en pareil cas...

***

Le monarque déambula devant la dalle vitrée de l'*étherium*, placé sur un pan du mur du salon Pourpre : la cuve, d'une impressionnante grandeur, prenait quasiment toute la largeur du panneau mural, éclairée d'un bleu électrique par des lampes à arc disposées au-dessus du bac à ludions. Acrisios s'arrêta devant la trappe de nourrissage et y déposa deux capsules, avant de les larguer *illico* dans le vivarium. Les bogues minérales se retrouvèrent au fond du réservoir, enveloppées des vapeurs d'altostratus et autres nuages créés de mains d'homme. Le réservoir, hermétique, laissait paraître des lambeaux de nuées flottant péniblement dans leur soupe jaunâtre. Cette microsphère factice devait exposer toutes les connaissances zoologiques, bio climatologiques et météorologiques en la matière. Le savoir des naturalistes helléniques concernait la biosphère des ludions — une parcelle de vie dans une usine expérimentale à la gloire du Lieutenant de Dieu : c'est-à-dire le roi ! précepteur de cette ambitieuse démarche scientifique, dont les protagonistes issus de la faune de Tau-Thétis — un planétoïde du système Phébus —, y furent arrachés, malgré la colère de la Confrérie Orphique, de quelques scientifiques et de l'opinion publique. Sans compter la crise diplomatique qui affecta les relations avec la Perse, l'État achéménide ayant conclu un accord bilatéral de non-ingérence avec les Hellènes, concernant la planète sacrée : Tau-Thétis devant rester un centre d'étude écologique autonome. Dans le lit des nuées, une légère oscillation troubla la strate de cumulonimbus... Une forme sphéroïdale émergea du drapé et flotta au sein de cet éther artificiel. Une masse gélatineuse exposa ses formes au plus grand des despotes. D'un bleu spectral, l'animal se mouvait vers son festin du jour. La créature gélatineuse plongea vers le fond du bac, à la recherche des deux capsules, avant d'aller les ingérer dans un coin de l'*étherium*. Seul le déplacement des courants aériens prouvait encore de la présence du médusozoaire, lové dans une nappe de brume jaunâtre. Ce vivarium de connaissance n'était plus qu'une fausse couche issue d'un projet grandiose, mobilisant des sommités de techniciens et scientifiques aussi divers que des zoologistes, naturalistes, professeurs en biologie cellulaire, et étudiants comportementalistes en enceinte expérimentale, neurobiologistes — tout cela pour en arriver à cette vitrine affligeante, résidant au fond de la salle de réception du palais royal ; le séculaire manoir d'Agamemnon. À l'origine, les nuées devaient s'élever gracieusement en de suaves drapés d'altostratus, et les ludions parader telles de majestueuses nymphes bleutées, flottant au gré des convections thermiques. Ce devait être la consécration de plusieurs décennies d'années de recherches. Le monarque se retourna, dépité par ce qu'il venait d'apprendre ou par l'état déplorable du vivarium, à moins qu'il ne s'agisse des deux faits.

Le secrétaire se lança vers d'autres prospectives, quitte à recevoir les foudres du souverain :
– Votre seigneurie, l'enfant n'est encore qu'un fœtus, vous pourriez demander... Le Wanax dressa un bras de refus devant cette proposition irrecevable qu'il devinait d'office, avant même que son secrétaire l'ait formulée... Le conseiller poursuivit : ... Ou alors, Votre Seigneurie pourrait obtenir la garde de l'enfant et envoyer la princesse au sein d'une colonie... par exemple... sur la planète Agamemnon.

Le roi réfléchit à la proposition de son fidèle serviteur. En s'adressant à son conseiller il leva une main et montra de nouveau son désaccord.

– Voyez Dame Phædra, afin qu'elle prépare sur-le-champ mon *hippopera*[6] et prévenez aussi le seigneur Posidonios de notre venue au sein du pénitencier, nous allons rétablir les affaires dans l'ordre du monde.

Au sein de la clinique royale, on retrouva le corps sans vie de l'obstétricienne Agnodice. La pauvre femme était affalée entre deux rayonnages du centre d'accouchement, le cou et les poignets sectionnés par un scalpel.

***

Le disque pâle d'Hellên cachait une portion de sa face livide derrière le bouclier de Déméter. Légèrement diffus par le halo azuré de la planète des Hellènes, le satellite ressemblait à l'œil unique des géants Arimaspes ; ce blafard chaton scrutait l'immense demeure de fer, flottant au sein du vaste éther...

– Aïe !... Seigneur, je n'ai fait que mon devoir ! hurlait dame Épictéta, face aux supplices infligés par le bourreau. Elle se recroquevilla, vieille plante défraîchie avant l'âge. Le tortionnaire retira la fibule du ventre de la tutrice, l'aiguille enrobée d'un filet de cruor.

— Vous avez trahi ma confiance, Épictéta ! Comment laissez passer une telle incartade ? s'exclama le potentat.

Posidonios, le directeur de la prison, Danaé et Clymène, la nouvelle accoucheuse, observaient dans un oppressant mutisme le spectacle qui se déroulait devant eux. Le roi dressait son image autoritaire devant les regards apeurés de sa vieille servante. Le persécuteur renfonça l'aiguille dans la poitrine de l'affligée et la retira lentement ; de pourpres méandres s'étalaient sur le dallage, dessinés par les pas du tortionnaire. Épictéta releva péniblement la tête, offrit au monarque un regard aussi sombre que l'aura de ses pensées, englouties par l'amertume d'une vie entière soumise au tyran.

— Mon Wanax ! J'ai suivi à la lettre le service que vous m'avez ardemment ordonné. J'ai toujours appliqué mes fonctions, et cela avec la plus grande rigueur. Vous connaissez bien la fidélité de votre dévouée servante ! elle haleta, la bouche épaisse et les joues gonflées.

Le roi rejoignit Épictéta et fixa son regard de braises dans les yeux de son sujet :

— Vous avez échoué... Madame ! l'obstétricienne était à la solde de mes ennemis, et vous n'avez pas vu venir la menace...

Le souverain referma ses gros doigts bagués sur la mâchoire de la curatrice puis dirigea la face bleuie de sa gouvernante vers l'image floue du trio qui se dressait devant elle. Danaé porta instinctivement ses mains sur son ventre, légèrement gonflé d'un précieux trésor. L'accoucheuse ne laissait rien paraître, pendant que Posidonios pensait qu'il allait faire un arrêt cardiaque sur l'instant. Acrisios parla à l'oreille de la duègne, dans un chuchotis si caverneux qu'une onde frétillante longea son épine dorsale.

— Regardez de ce côté, Dame Épictéta ! Une ombre déplaisante siège à ma vue. Comment avez-vous pu laisser faire cela ? Vous aviez toutes les capacités pour éviter une telle mésaventure, mais vous avez lâché du lest et laissé le destin accoucher sa toile néfaste au sein du foyer royal. Je veux que vous preniez toutes les mesures adéquates pour dénicher le géniteur de ce bâtard. Vous procéderez à des échantillons sanguins pour tous les résidents mâles de la prison, y compris les fonctionnaires... Tous !... Vous comprenez ? Et vous enverrez les éprouvettes du fœtus et des reclus au laboratoire du palais, afin de déterminer le lignage de la cognation...

Le monarque relâcha son emprise, et laissa la curatrice s'affaler sur les dalles vêtues de pourpres sinuosités. Il conversa ensuite avec le tortionnaire.

— Son châtiment est suffisant, Apollyon. Faites entrer les gardes scythes, qu'ils l'emmènent à l'infirmerie !

Pendant que deux sentinelles relevaient Épictéta, le roi aborda sa fille, pétrifiée par la fureur de son père et l'horreur de la situation. Il baissa les yeux vers ce ventre gonflé d'un fruit nouveau, le regard froid et la bouche écumeuse.

— Je ne suis pas seulement votre père, mais aussi le souverain de l'*oikos*[7], le détenteur du pouvoir divin, que cela soit sur le monde ou au sein de la Maison d'Argos... Si vous ne me dites pas quel est le géniteur de ce fruit avarié, vous serez enfermée à vie au sein du temple d'Héra de la Nouvelle Argos, et ne croyez pas obtenir de quelconques faveurs, vos journées se passeront dans les prières et le recueillement.

Elle le regarda, ne sachant à qui elle avait à faire : au père ou au monarque ?

— Pourquoi ne m'avez-vous pas imposé d'avorter ? Cela vous aurait bien arrangé.

— C'est bien en tant que père et gardien de la demeure sacrée que se justifie ma présence. Vos relations, ma fille, ont sali le *lygos*[8] de notre déesse Héra ! Acrisios dressa un doigt accusateur vers le ventre de Danaé. Vous m'insultez en exposant à ma vue cette grossesse indécente. Vous avez déshonoré la Maison Atride.

Danaé redressa la tête, le regard perdu, les yeux hagards, puis se dirigea vers le sabord ; son image s'y reflétait, distendue, déformée par la lentille de plexi. N'était-elle qu'un monstre pour ainsi s'arroger le droit d'outrepasser les lois de l'*oikos*[7] ?

Elle se retourna, et d'un regard glacé lui dévoila ce que son cœur recélait :

— Mon Seigneur, père, Zeus Teleios a ravi ma virginité. Il était tel un taureau et resplendissait d'une parure de lumière. Elle l'affronta du regard, ses pupilles se dilatèrent, révélant les reflets du vieil homme vibrés comme deux serpents. Il délogea mon corps de la virginité, et dans un ultime plaisir y hébergea sa Divine semence. Dès maintenant

Déméter Kourotrophos et la déesse Iris apprêtent ma couche, afin de mettre au monde l'enfant de Zeus Lycoeus… Elle fixa son père d'un air hautain et continua sa diatribe : "Un jour surgira l'homme qui précipitera votre destin, et aucune protection humaine ou divine ne pourra vous abriter…"

Acrisios posa ses lourdes mains sur le visage glacé de sa fille, et plongea son regard brûlant dans ses yeux. La bouche du roi d'Argos frôla les lèvres de Danaé, un relent de vin âcre la submergea.

– Danaé… Ma fille… Je ne décèle point dans tes yeux l'image de cet amant divin. Où demeure-t-il ? Où le caches-tu ?

– Mon bien-aimé est tels les rayons d'un Hélios incandescent : Il éclaire mes plus sombres journées, dans cet enfer où vous m'avez précipité. Die après die, décade par décade, je n'ai de cesse de penser à Lui et de mettre au monde le fruit de notre amour.

– Vous y accoucherez malgré tout ! loin des solennités du palais et du regard de votre bien-aimé Zeus. Votre enfant vous accompagnera en ce lieu maudit, jusqu'à votre dernier soupir. Désormais vos yeux seront éclairés par les froides lueurs de votre geôle. Votre enfant grandira et jouera parmi les rejetons des assassins, des violeurs et des autres détenus…

– Cet exil n'est pas justifié ! Où résident les gardiens de lois plaidant mes fautes ? Mes oreilles n'ont point entendu la voix du héraut, émettant au sein du tribunal la procédure de sentence. Le *klérotorion* a-t-il désigné mes juges ? Répondez-moi !

D'une colère noire, le roi recula d'un pas et tira violemment sur les pans de sa toge. Les boutons dorés, à l'effigie de la Maison Atride, s'arrachèrent du tissu précieux et volèrent en éclats à l'aventure sur le dallage argenté. Le monarque étira ses bras énormes, afin d'exposer l'importance atypique de sa personne :

– Vous osez parler de juges et de sentence, mais n'est-ce pas l'avatar du Seigneur Zeus en personne que vous avez devant vous ? Ne suis-je pas en ce monde le Lieutenant de Dieu ? Je suis celui qui dicte et qui ordonne, mon pouvoir émerge de la fureur d'Océan et mes lèvres extraient de mon giron les ordonnances du Seigneur Zeus Herkeios Lui-même. Je suis le souverain, le gardien de l'enclos, personne d'autre que moi n'a autant de pouvoir et de devoirs venant du Divin. Mon nom et ma charge de ministère suffisent à clamer : "Je suis le juge et le bourreau pour tous ceux qui enfreignent la Loi ! Et la Loi... c'est moi !..."

Le monarque se retourna vers la sage-femme.

– Je vous laisse l'entière responsabilité de cet accouchement. Dame Épictéta demeurera au sein du pénitencier afin de parfaire le travail que je lui enjoins de sitôt. Elle aura pour tâche immense de veiller à l'éducation de l'enfant. Cela sera son châtiment pour avoir échappé à la vigilance qu'elle n'a pu honorer...

Le roi tourna des talons, dans sa démarche il écrasa quelques chatons de verrerie précieuse issue de Naucratis.

Danaé ferma les yeux puis les rouvrit, un brasier irradiait dans son regard : un brasier issu de Chaos !

Chroniques de Déméter :
"Ô mon Céleste Époux ! je suis Ta pronuba, Ta douce compagne au teint de lait –
Le fiel du roi d'Argos ne pourra ternir notre tendre complicité, et assombrir notre intimité ... –
Je T'offre mon lygos. Ma chair sera Ta demeure, où jusqu'à mon dernier expir je recueillerai Ta semence sacrée –
Je suis ton Alceste, Ton épouse modèle, acceptant inlassablement Tes volages conquêtes, sans jamais renier notre premier baiser –
Les ciseaux d'Héra Illithyia ont sectionné ma douce fleur d'été, afin d'offrir à Ta Divine Personne le fruit que Tu attendais–
De notre hymen un enfant est né, mi-mortel mi-olympien. Il ornera notre riche serment et sera la lame du jugement –
Die après die notre Persée subsistera, afin de rétablir l'ordre cosmique que Tu exigeais –
Oui, ce jour-là j'exploserai de joie, voyant le fruit de notre tendre union dompter la bête qui m'a cloîtrée ! –
Mon père n'avait pas saisi qu'en m'enchaînant ainsi il était l'instrument de sa propre destinée –
Pour Toi mon tendre Époux, je T'ai présenté les clés de la couche nuptiale –
Ce jour-là, je le savais : j'étais promise à enfanter ! – "
"Florilèges à mon Époux" : feuillet numéro delta.

Secrètes pensées de dame Danaé à son Époux Divin, rapportées au fusain sur papier vélin. Œuvre calligraphique protégée par du papier cristal. Feuillets de pensées appartenant à dame Danaé, et recueillies par dame Épictéta au sein du temple d'Héra de la Nouvelle Éphèse. C'est l'un des nombreux calligrammes venant de la princesse, issu des *"Florilèges à mon Époux"*, conservé précieusement à la Bibliothèque Royale d'Argos.

Il est librement téléchargeable depuis votre tabula electronica.

3

Deux oboles pour le nocher des Enfers

Deux enfants cavalaient dans le corridor de la station pénitentiaire – celui-ci menait jusqu'aux chambrées. Les garnements bousculèrent les passants et ne lâchèrent aucune excuse en retour de leurs incivilités. Ils passèrent devant un garde scythe, ralentirent en le croisant, puis foncèrent de nouveau vers leur dessein bien précis : ils fuyaient le retour du bâton ! Au détour du boyau, les enfants se retrouvèrent nez à nez avec Épictéta, et dans leur élan faillirent la renverser... Deux solides gaillards émergèrent d'un embranchement et profitèrent de cette opportune préméditation pour les appréhender. Les coquins se retrouvèrent tenaillés par les bras des robustes Scythes, et se tortillèrent comme des vers happés par les becs des échassiers, grands amateurs de larves et autres varrons. Le plus âgé des rejetons se mit à brailler, excité comme une mouche à l'approche d'une fosse à purin. Épictéta s'approcha du réfractaire et le gifla. Le petit démon se tut aussitôt et se referma comme une palourde attaquée par un baliste.

— Micion, tu n'es qu'un petit imbécile ! J'ai déjà eu assez de problèmes avec ton père, pour en avoir avec toi. Nous avons eu vent de vos péripéties, et je tiens à te préciser que des sanctions tomberont. Quant à toi Persée, tu t'obstines à te joindre au plus malfamé de la classe des zeugites[9]. Comment freiner ton appétence d'aventurier ?... si ce n'est t'enrôler de force dans un bataillon de peltastes, la peur au ventre lorsque face à toi les lames acérées des lanciers perses fendent l'air maussade des cadavres d'hoplites, pourrissant dans leur bain de cruor...

L'enfant n'en comprit point le sens et brava la vieille fonctionnaire en la regardant de haut. Épictéta s'adressa aux deux gardes scythes, embarrassés par les insupportables éphèbes turbulents :

— Partatua et Iskpakay, raccompagnez ces deux garnements aux gynécées ! Nous verrons bien ce que nous ferons d'eux plus tard.

Les jumeaux lièrent les mains des enfants et les portèrent sous leurs aisselles, aussi aisément que des fétus de paille. L'un des gardes approcha son lourd faciès du visage de Micion. L'enfant agita ses jambes, comme un damné devant l'attaque d'un prédateur. Il fouetta l'air de ses pieds, aux risques de blesser le simple passant. L'homme invectiva le gamin :

— Sombre bourricot ! Dans peu de temps je vais te jeter dans la gueule du dragon Ahzi Dahaka.

— Ce n'est pas vrai ! hurla Micion, Ahzi Dahaka n'existe pas ! Ce ne sont que des histoires pour les froussards.

Les deux géants rirent aux éclats et continuèrent leur chemin au noyau du dédale carcéral, leurs singulières venaisons coincées sous les bras…

***

Une pièce exiguë illuminée d'une clarté purpurine : Dame Épictéta s'assit devant la console, une diode pourpre scintillait sur le châssis de la dalle holographique. Iskpakay, l'un des jumeaux de sa garde personnelle, rapprocha le fauteuil de sa maîtresse ; un homme rustre aux mains de velours.

— Maintenant, placez-vous de part et d'autre de ma personne. Je ne voudrais pas que notre Wanax croie à un complot de sa servante, alors qu'Il m'a toujours fait comprendre que vous êtes les mandataires de sa personne.

Les deux gardes s'installèrent derrière la tutrice, mais suffisamment proches pour être en vue de leur souverain. Elle toucha la touche sensitive de l'appareil, puis la magie du rayonnement laser se mit en mouvement : d'abord au sein de la trame de fils d'or – enserrée entre deux strates de matériaux carboniques –, et ensuite au niveau de la dalle à plasma, recouvrant la tabula portative placée dans son écrin en métal bleu brossé. Des éclats d'un bleu héraldique franchirent la surface siliceuse du moniteur et vinrent composer majestueusement un réseau anamorphique d'un célèbre visage. Enfin l'image holographique prit toute son ampleur, et offrit un portrait d'une étonnante résolution du plus haut dignitaire des Hellènes. Le roi avait sa mine maussade, celle où il n'était pas bon de contester ses dires. Épictéta se cala au fond de la chaise, les tripes nouées par ce nouveau tête-à-tête angoissant. Les gardes ressemblaient à deux colosses en stuc et dirigeaient leur regard vers la cloison opposée, bien plus loin que l'image tridi en tout cas. Le son parvint rapidement, tout d'abord en décalage par rapport aux mouvements des lèvres du souverain, puis le timbre si particulier du monarque se coordonna aux variations subtiles des muscles du visage, comme un réconfort – somme toute plaisant –, après tant d'écarts entre le graphique et l'acoustique.

— Bonjour à vous, Dame Épictéta.

– Bonjour à votre Seigneurie. Puisse notre bon Seigneur Zeus Pater apporter à votre Seigneurie son indicible Jugement Divin.

– Oui !... Oui !... s'exclama-t-il. Dites-moi, Dame Épictéta, où vous situez-vous dans votre programme formateur ? Certes, j'ai en ma possession vos dernières informations, gravées à même la mémoire de l'ordinateur, mais je souhaite en ce jour que vous apportiez de pleine voix de l'eau à mon moulin...

Elle décela de l'arrogance dans la voix du souverain. Dame Épictéta trémoussa son postérieur sur le cuir élimé de la *cathedra*[10]. Ce jeu de fessiers, si peu subtil de sa personne, n'était qu'une forme d'allégeance au géniteur royal. Un moyen peu ordinaire d'accueillir les travers et les revers venant de l'illustre roi de la Nouvelle Argos.

– Il atteint l'âge de raison et son intelligence ne cesse à chaque fois de me surprendre, Seigneur Acrisios.

– Sa mère est de la même trempe : toujours l'esprit aiguisé et la soif d'apprendre, confirma le roi. Mais mes nuits sont comme mes jours : peuplés de cauchemars, de sombres présages de mort. Je me réveille en sursaut, le corps en sueur et l'âme tourmentée. Mon appétit s'éteint et mes jambes flagelles par le peu d'énergie qu'elles déploient. Mon corps s'affaiblit, en prise à des lémures anémiques, détenant une appétence de prédateurs. Mes yeux peinent à discerner le banal du concret. Dès que je pose un pied devant l'autre, mon souffle devient court. Comment recouvrer la santé, sachant qu'un jour ou l'autre cet enfant placera une obole sur ma langue, aussi desséchée qu'un charançon terrassé par l'ardeur d'un Hélios ardent ?

– Ô Mon roi... Mon Seigneur... Ne vous inquiétez pas ! Votre servante fera en sorte que ce mauvais présage ne se réalise point. Mon éducation l'emportera, et rien au monde ne pourra briser ce "dressage", afin d'en faire un homme, assujetti à œuvrer pour votre noble Personne, et allant même à l'encontre de ce que les *dæmons* pourraient exiger de lui.

– Oui ! Oui !... Mais je ne cesse de me tourmenter depuis que les résultats du laboratoire royal tombèrent entre mes mains, avec pour seule exégèse : *"origine de la cognation inconnue !"*.

– Votre Seigneurie ! Nous devons songer à l'avenir du jeune prince.

– Il a atteint l'âge de l'*Agôgê*, il est temps de mettre en branle son éducation militaire. *À sa naissance, j'aurais dû le jeter dans la fosse des Apothètes*, songea-t-il.

– Il partira pour la Nouvelle Sparte. Je connais un excellent pédagogue qui fera de lui un vigoureux soldat. Il n'aura pas le temps de penser à d'autres choses qu'au combat. Puis nous l'enverrons, la rage au ventre, combattre les troupes de Xerxès... Oui ! La rage au ventre, il pansera ses plaies devant les sabres des Immortels. Mon petit-fils dressera la lance des Hellènes face aux hordes de barbares... ou sa gorge épousera le fil de ma lame ! Continuez votre programme de conditionnement, Dame Épictéta, et faîtes en sorte que sa mère ne vous mette pas de bâtons dans les roues ! Sinon, je serais en droit de redresser la barre de cette *educatio*. Je vais expressément ordonner au magistrat de mettre en branle cette ordonnance d'expatriation sur Sparte. J'ai soif de voir mon petit-fils à l'œuvre ; empoigné son adversaire par l'encolure de sa toge et le mettre genoux à terre, à même le tapis de sable brun de la palestre, revêtu du simple chiton de l'école académique de Sparte.

L'image du monarque s'effaça enfin et laissa place au blason héraldique de la Maison Royale d'Argos, déployé sur un fond d'encre noir. Épictéta pouvait maintenant se laisser aller à plus de liberté dans ses mouvements : l'orage de *Zeus Kéraunos*[11] s'étant éclipsé !

***

Pour quelques instants de répit, Danaé et dame Eurydiké, sa demoiselle de compagnie, savouraient quelques biscuits de la Nouvelle Hellènes. Le sucre glace se déposait sur les fines lèvres de la princesse et les recouvrait d'une soierie de givre sucré. Danaé souriait et paraissait heureuse, mais ce n'était qu'une simple façade, de ce qui en fait se consumait au fond d'elle : la douleur d'une vie brisée ! Par la grâce du seigneur d'Argos, Danaé pouvait profiter de quelques heures en compagnie de dame Eurydiké, mais ce fut par d'âpres joutes diplomatiques qu'elle put jouir de cette opportunité exceptionnelle.

Un vacarme assourdissant parvenait de l'extérieur de la cellule et cassa cette douce évasion culinaire. Elle tourna subitement la tête vers l'entrée : des hurlements stridents parvinrent jusqu'à ses oreilles. Un enfant frétillait dans les bras du solide Scythe et criait une succession de

"Lâche-moi ! ... Lâche-moi !...". En deux pas, le garde franchit le seuil de la cellule avec sa singulière charge sous les bras. Danaé posa le restant du *kouriambiede*[12] sur le plateau en plexi ; sous l'initiative du geste, le croquant s'effrita en de nombreux fragments. Le colosse déposa son récalcitrant fardeau devant les deux jeunes femmes, ankylosées devant ce courrier impromptu. L'enfant mordit la main de Partatua, puis courut rejoindre sa mère. Le terrible Scythe proféra une série d'injures à l'encontre de l'éphèbe.

Un bruit de pas familier alla croissant...

Dame Épictéta apparut, son visage dévoila sa face lugubre ; des pattes d'oies s'y étalaient et révélaient un derme étiolé, parcheminé par le temps et les engagements dus à son rang. À l'image de son visage, les fruits du service avaient flétri par trop de dévotion, déposée aux pieds du souverain.

Elle pénétra le seuil de la cellule, le pas encore ferme et la nuque légèrement voûtée.

– Dites à votre cerbère, que la prochaine fois qu'il transporte mon fils de la sorte je lui arrache les yeux ! semonça Danaé.

La tutrice royale se retrouva fort dépourvue par l'engagement soudain de sa maîtresse, même si elle connaissait sa princesse – n'avait-elle pas participé à son éducation ? La mère et le fils faisaient bloc ; image d'une force maternelle venue du fond des âges. Épictéta s'approcha de ce symbole de *primera terra,* le front barré d'un pli d'angoisses.

– Votre enfant est sorti du gynécée, accompagné du fils d'un zeugite. Il a chapardé le tabouret du nain Ophélos. Doit-on l'envoyer devant le jury du Diskatai comme un vulgaire voleur où lui infliger quelques sévices au moyen d'un *stimulus*, afin de dresser sa noble personne ?

Partatua se frictionnait la main : la marque des mâchoires encore présente.

– Combien de fois ai-je outrepassé mes devoirs en omettant volontairement les méfaits de votre rejeton ? Dites-vous bien qu'ici tout se sait ! Notre vénérable Seigneur finit toujours par s'affranchir des intrigues qui se trament derrière son dos, même au sein du gynécée. Rien ne lui échappe ! Et les agissements du jeune prince ne sortent pas de ce cadre constitutionnel.

Les visages des deux dames n'étaient plus qu'à quelques doigts l'un de l'autre. Des résidus de biscuit restaient encore accrochés sur une commissure des lèvres de la princesse. La demoiselle de compagnie se leva et prit l'initiative de casser ce pugilat verbal en s'interposant entre les deux antagonistes, quitte à outrepasser l'étiquette royale :

– Venez avec moi, prince Persée ! Les agissements verbaux des adultes ne sont pas à être entendus par les oreilles des plus jeunes ! Nous allons mettre de la ferveur à nous remémorer les exploits d'Ulysse et des Argonautes, surtout lorsqu'ils affrontèrent les terribles Harpies.

Eurydiké attrapa le jeune loup, les yeux emplis d'une ardeur défensive, digne des plus farouches combattants spartes. Ensuite, le duo s'éclipsa vers les chambres attenantes à la cellule.

Les deux femmes s'observèrent interminablement ; depuis le début du tutorat, l'adversité s'apparentait à un combat mêlant haine et passion. Deux personnalités antinomiques, qui s'affrontaient pour une suprématie de terrain. Dame Épictéta redressa son port de tête ; le foulard, à l'écusson du corps de l'Agéma, sortit de son lit d'ombre et exposait les emblèmes militaires du monarque despote. À la simple démarche de la gouvernante, le cuir du péplos émit son râle singulier ; l'outremer des lampes à arc et le brun crasseux du cachot s'invitaient sur les replis de l'austère tunique, des couleurs froides étayant l'attitude rigoriste de la nourrice royale. Épictéta sortit de la cellule à reculons, le visage livide tourné vers sa jeune maîtresse. C'était une posture à double tranchant, entre le protocole patricien et une rivalité féminine, tant de choses pouvaient s'y cacher ! Elle glissa la fibule à encodage sur le châssis des barreaux, et se livra au plaisir d'écouter le timbre de fermeture des barres à glissement, lorsque celles-ci arrivèrent en bout de course : une jouissance qu'elle s'offrait à chaque fois qu'elle était en froid avec sa maîtresse.

– Vieille harpie ! Vous abusez de vos prérogatives, lança Danaé. Nous avons encore droit à un vingt-quatrième die de liberté… Je vous ordonne d'ouvrir cette cellule, les gouttes de clepsydre ne se sont pas toutes écoulées ! Vous entendez Dame Épictéta ! Je ferai part de votre insubordination à mon père !

Le céruléen froid des rampes à arc déposait son spectre lumineux sur le dos voûté de la préceptrice royale ; le son cadencé des crissements de bottes allait decrescendo... Puis un silence glacial prit le dessus... Un silence pesant tomba dans la geôle de Danaé.

***

Les quatre gardes du corps d'élite des *Argyraspides*[13] encadraient le roi, tel un écrin d'argent protégeant jalousement son précieux cabochon. En cet instant, cette gemme rare prenait la forme du plus éminent stratège de la planète de Déméter : le roi Acrisios ! Le monarque semblait dévorer toutes les énergies passant à sa portée. Les pieds fermement campés sous son corps massif, le plus grand des stratèges affirmait un maintien stable de sa personne, digne symbole de Titan. Sa masse corpulente attirait inévitablement le regard ; comme une étoile géante rouge, il offrait à la vue du simple mortel l'image d'un homme puissant, impénétrable et déstabilisant. Sous sa toge de pourpre et de bleu, sa masse adipeuse supportait le *Gorgoneion* : la cuirasse anti-agression. L'égide, ornée de la représentation de la puissante Méduse, affichait sa présence. Le blindage offrait à sa divine personne toute une panoplie d'équipements défensifs et offensifs. Cette haute technologie permettait de protéger le seigneur Acrisios de toutes velléités d'agressions venant de n'importe quel individu susceptible de l'aborder ; s'approcher à moins de deux doigts de son illustre personne, c'était tout simplement, quitter le monde du vivant pour rejoindre celui des Lémures, errant dans les sombres steppes du Tartare.

Accompagné de ses plus proches praticiens et d'un héraut éventant régulièrement sa face disgracieuse, le roi d'Argos déboula dans la salle des repas, débarrassée pour l'occasion de tout mobilier superflu. Le personnel s'était proprement rangé des deux côtés de la pièce. La gent administrative courbait l'échine devant le descendant du roi Hellên. Les fonctionnaires s'avancèrent jusqu'à ses divins pieds. Posidonios ouvrit le cortège, suivi de son plus proche secrétaire, de dame Épictéta, Danaé, Persée et autres fonctionnaires de second rang. Le monarque ressemblait à une flamme sombre, aspirant les âmes des dix tribus et des douze fratries des Hellènes. Tout en progressant vers son seigneur, Posidonios se souvenait de la dépêche tombée subitement entre ses mains :

"Notre Seigneur d'Argos assigne le fonctionnaire Posidonios, directeur du site pénitentiaire, à préparer sa venue imminente au sein de la centrale carcérale ! Cette missive extraordinaire tient lieu d'ordonnance royale."

Le magistrat semblait dérouté par cette visite "inopinée", et il était connu que, lorsque le Wanax décidait d'une entrevue, la partie sombre de sa personne émergeait de l'ombre, telles les Érinyes, divinités plénipotentiaires de la justice d'Hadès. Posidonios s'arrêta devant l'illustre représentant de Zeus Pater ; le cœur branlant, il courba l'échine. Une perle de sueur partit à l'aventure et s'abandonna jusque sous son poitrail grisonnant, à l'abri du plus grand des inquisiteurs. Acrisios fit un geste d'agrément, et laissa l'administrateur du centre pénitentiaire redresser son corps, si maigre, que ses côtes saillaient sous l'*himation*[14] froissé.

La pièce d'étoffe traînait sur le dallage, laissant paraître un fin ruban de poussière estampiller le sceau de sa fragile existence. Le magistrat savait qu'il n'était qu'un organisme vulnérable, œuvrant au sein d'un vaste complexe, dirigé de main de maître par un symposium corrompu ; une élite de dirigeants, assoiffés de pouvoir et de richesse.

S'il n'y avait qu'un seul artifice qui brillait sur ce corps si frêle, c'était bien la fibule argentée de la confrérie de la magistrature, accrochée sur l'épaule gauche ; ministère auquel il avait tant donné de sa personne. Il se sentit soudain écrasé par la haute et large stature du souverain. À chaque pas, le drapé de l'étoffe frottait insidieusement sur le dallage de la salle des repas. Le feulement du vêtement apportait une note lugubre. De naissance aristocratique, Posidonios savait qu'il était protégé juridiquement, mais… une faute grave de sa personne, et l'exclusion pouvait tomber. La politique à ses hauts et ses bas, mais bien souvent plus de bas que de hauts.

– Notre Basileus a-t-il fait bon voyage ?

Le roi s'avança d'un pas lourd, délaissant sur l'instant la fraîcheur de l'éventail et la sécurité éphémère des praticiens, issus de l'ancêtre Esculape. Ses gros doigts bagués effleurèrent le relief du plastron ; la cuirasse émit une faible luminescence bleutée, et un timbre de félidé confirma la mise en veille de ses capacités opérationnelles.

– Nous avons subi pendant le trajet quelques secousses dues aux distorsions du champ électromagnétique de notre astre solaire.

– Notre souverain nous surprend par cette visite inopinée. Notre cœur se réchauffe, de voir l'*avatar* de notre bon Seigneur Zeus en personne !

Le monarque fit un pas de plus, le visage à seulement deux doigts du haut fonctionnaire d'Argos. Le cou d'Acrisios s'ornait d'un goitre impressionnant ; une inflammation du tissu glandulaire provoquait cette excroissance physique. La peau flasque frottait contre la fourrure en hermine du manteau royal. Le visage bouffi, et une intolérance notable à la chaleur s'exprimaient par un besoin important de ventilation.

Acrisios analysa minutieusement la tenue de son intendant :

– Seigneur Posidonios, votre tenue reflète l'état pitoyable de ce pénitencier : un incontestable laisser-aller ! dit-il en inspectant du regard la salle de réception.

Le magistrat baissa la tête.

– Puisse votre seigneurie pardonner votre sujet de cette négligence vestimentaire ; nous avons été informés si soudainement de sa venue. Je n'ai de cesse d'adresser des requêtes à la magistrature du Prytanée concernant mes difficultés d'intendance. Notre nouveau cahier des charges afflige la bonne marche du pénitencier, et je pense…

– Il y a urgence, Seigneur Posidonios ! coupa sèchement le souverain, urgence quant aux oboles de l'état venant du contribuable ! Entre l'impôt pour frais de guerre et celui de l'*eikosté*[15], nous ne pouvons saigner plus intensément les bourses de l'assujetti. Concernant vos contraintes d'intendance il faudra faire avec, Seigneur Posidonios ! Nous ne sommes pas ici pour extraire de nos chemises les lois et les décrets soutenus par l'intendance du diocèse, mais exclusivement pour mener à bien quelques affaires… qui, hélas perdurent !

Acrisios coupa court cette discussion stérile, et s'orienta vers sa préoccupation du moment : le binôme Danaé/Persée. La princesse restait concentrée sur la personnalité despotique du souverain. Le roi abandonna sa garde rapprochée, qui ornait le seuil de la salle des repas et passa devant Dame Épictéta. La tutrice effectua une génuflexion maladroite. Le seigneur d'Argos dévisagea brièvement sa servante, puis porta son attention sur la mère et l'enfant. Sa fille avait le teint pâle ; une lactescence, engendrée par une réclusion forcée, le visage si loin de l'incandescent soleil Phébus.

Danaé rejeta le pan de la tunique en arrière et courba l'échine devant le maître du monde. Ses cheveux, d'un noir de geai, soigneusement tressés et retenus par une fibule en argent, couronnaient cette prestance si gracieuse. L'enfant s'accrochait obstinément à sa mère. Les yeux de Persée s'embrasaient d'un feu dévorant ; ils s'apparentaient aux abysses éthyliques d'un trou noir destiné à tout avaler sur son passage. Ses glandes salivaires déversaient une écume abondante, et provoquaient de fines bulles opalescentes sur le liseré de sa petite bouche. En cet instant, le petit-fils aurait bien enfoncé sa dague dans le cœur du grand-père.

Acrisios s'avança un peu plus ; l'ourlet en poil d'hermine effleurait le derme laiteux de la princesse. Comme les mâchoires d'un étau, les doigts bagués du monarque emprisonnèrent le doux visage de Danaé. Sous la pression des mains du despote, son corps se tendit à l'extrême. Les pieds de Danaé frôlaient le métal froid du plancher. Il la regarda plus intensément encore et, accompagné d'une force titanesque, attira puis enserra sa progéniture sur le plastron de la cuirasse. Soudain le gorgoneion se mit à scintiller et à chuinter, puis retourna à son état de veille. Le roi sanglota comme un enfant. Danaé émit un faible râle de souffrance et n'attendait plus que le bon vouloir du potentat, afin qu'il daigne relâcher son étreinte.

Le magistrat observait silencieusement la scène sans broncher. Devant ce spectacle affligeant, son visage émacié s'étirait comme une outre usagée. Posidonios se tourna en direction de dame Épictéta : il sollicitait une aide. La tutrice manifesta un "NON" de la tête ; à ce moment-là, toute intervention précipitée envers le monarque équivaudrait à une peine de mort !

À la limite de la dyspnée, le seigneur d'Argos finit par relâcher son étreinte. La princesse s'affala sur le cuir lustré des bottes de son géniteur. Persée accourut, puis glissa jusqu'à son niveau. Les mains de l'enfance encore pures, il caressa le visage humide de sa mère ; les yeux de Danaé s'embrumèrent, des perles d'argent s'écoulèrent sur les replis des bottes du roi. Acrisios pencha la tête, et regarda froidement la mère et l'enfant, offrant leurs afflictions à la divine mère du foyer : la déesse Hestia.

Dans cette agora peuplée de *thiases* et d'*orgéons*[16], chacun mesurait son temps à la hauteur de son rang social. *Qu'il est bon d'appartenir au bas de l'échelle sociale, lorsque tous les malheurs du monde accablent l'aristocratie !*

Chroniques de Déméter :

Sur l'agora de la Nouvelle-Athènes, deux commerçants en vinrent aux mains suite à un différend sur leur emplacement :

Un hoplite conversa avec son compagnon : "Regarde ces deux démiurges, Télémaque ! Ils vont jusqu'à se crêper le chignon pour une histoire de contrefaçon. N'est-il pas dit que le Seigneur Hermès est le patron des artisans... et aussi des voleurs ?"

Conversation entre deux hoplites d'un bataillon des Hellènes, lors d'une permission sur la cité de la Nouvelle-Athènes. Échanges, collectés pendant les Grandes Panathénées par le prytane Photius de Thessalie, à même l'Agora de la Nouvelle Athènes, le sept de la troisième décade du mois d'Hékatombéon, durant la troisième année de la 1622e olympiade.

4
Un voyage sans retour

Sur l'étoffe brillante de la galaxie du Léthé, des étoiles avaient disparu, mais d'autres phares offraient leur sombre gîte aux nouveaux descendants stellaires : le pénitencier tournait lentement sur lui-même, en sustentation dans le vide cosmique. L'atmosphère du lieu restait lourde, pesante, et les halos des lampes à arc semblaient lessivés par l'expire nauséeux du récipiendaire de la prison : le roi avait trop bu et dépassait le stade de l'entendement. Il imposait à ses serviles miliciens d'utiliser plus de fermeté envers leur princesse d'Argos. Mais les esprits se brouillaient ; entre la raison du cœur et celle du devoir, la psyché ne peut qu'être troublée. Les combattants étaient issus du plus grand corps d'élite de l'Agéma — le physique et le psychique endurcis par la frénésie du combat —, et pourtant un mors puissant les retenait : une affection profonde envers leur princesse.

Le cortège talonnait le plus haut dignitaire des Hellènes :

À la droite du souverain, le seigneur Posidonios avançait dans une démarche chaloupée ; il luttait, tel un famélique esquif cabotant contre les flots puissants d'un Zeus Maimaktès. En poupe, sa péplos s'étirait, traçant des sillons de poussière sur le sol crasseux des corridors du pénitencier. À l'autre bord, le valet continuait d'aérer le noble représentant de Zeus Pater.

À la suite du magistrat, deux miliciens tenaillaient Danaé, et forçaient la première dame des Hellènes à aller de l'avant, pendant que dame Épictéta s'occupait de l'enfant, posant une main protectrice sur l'épaule de son protégé. Le visage de la tutrice n'avait jamais été aussi sévère et marqué par autant de gravité : un drame allait survenir ! Les plis du vêtement flottaient pesamment et accrochaient successivement les rayons pourpres et bleus des projecteurs à arcs de la forteresse spatiale. Elle avait toujours été consciente d'un fait : le roi est le lieutenant de Dieu, et rien ni personne ne pourrait l'arrêter. L'alliance Sauf-conduit de la nourrice buvait le halo des rampes à arc, qui allait s'étaler sur le blanc cassé de la tunique de l'enfant. La gemme d'ambre de la curatrice offrait une palette de jaune, puis de vert et de pourpre, forçant les traits sévères de Zeus Herkeios, gravés à même la face du Sauf-conduit royal.

D'un mouvement cadencé, la garde rapprochée escortait la suite royale, pareillement aux gouttes d'eau tombant de la gueule d'une antéfixe, décorant un angle du faîtage de la Maison royale d'Argos. Le frottement des cuirs contre les froides parois de la forteresse stellaire procréait un feulement de félidé, et creusait insidieusement une fracture émotionnelle dans le mental d'Épictéta. Sa respiration n'arrivait plus à appliquer une eurythmie face aux mouvements disgracieux de son corps, trahis par le poids de l'âge et les abus de quelques opiacés aux vertus aphrodisiaques. Elle avait quitté les marbres bleus du palais royal d'Argos depuis tant de lustres. Mais tout cela n'avait plus de sens, maintenant que la justice de la déesse Thémis dictait sa loi. L'excès, l'*hibris,* de cette démesure vengeresse, lui échapperait-elle à cette dame couverte du voile d'impartialité ? La vérité ne peut être bafouée, même si le descendant de Cécrops fut roi.

La procession pénétra par l'un des sas de la cellule d'appontage. Les odeurs de graisse et les émanations acides des gaz des propulseurs imprégnaient l'atmosphère. Une dizaine de gardes armés, en faction devant la navette du potentat, se mirent au garde-à-vous et présentaient leurs armes d'assauts, amoureusement nettoyées et lustrées de la gueule du canon jusqu'au nez de la crosse.

Le cuir rouge et bleu des militaires épousait leur physique mince et athlétique. Il arrivait souvent que le Wanax entretienne des relations particulières avec le plus novice des guerriers, assurant d'incroyables liens passionnels entre le haut commandeur de Sparte et les valeureux hoplites de la garde royale d'Argos. Cela ne pouvait que consolider cette attache indéfectible du corps des Argyraspides avec leur potentat. L'érotisme hétéromorphe du souverain raffermissait le rapport étroit qu'il entretenait avec le corps d'élite : un lien aussi solide qu'un ruban de Möbius ! Pour Acrisios, la sodomie incarnait un système d'assujettissement subtil ; une manière de renforcer la cohésion entre le monarque et la classe de l'*exercitus*[17]. Et même dans ce rôle sybarite, il prenait les devants ; il avait toujours le rôle du dominant, introduisant — par la grâce de son phallus — une autorité de fer sur les puissantes classes militaires de l'Argolide et de la Laconie. Effectivement, il incarnait cette bande de papier, hors et dans chaque individu des quatre classes censitaires des Hellènes. Un lieutenant de Dieu asservissant la masse sociale à des fins purement politiques...

La colonne dépassa une nef à propulsion ionique et traversa le tarmac, imprégné d'odeurs sulfureuses, puis s'orienta vers les soutes de secours. À l'autre bout de la salle d'envol, les opercules des nacelles présentaient leurs couleurs criardes : Les zébrures rouges et blanches contrastaient sur le bouclier bleu charron des tubes d'éjections. Deux techniciens s'affairaient à l'entrée d'un canot de sauvetage. Pendant que le plus petit organisait le transbordement du paquetage, le second portait sa tablette d'une seule main, et de l'autre, à l'aide d'un calame en élastomère, y consignait les différentes étapes d'authentification visuelle de l'ensemble de la chaloupe.

À la simple vue du monarque, l'homme se figea et laissa chuter le stylet. Le plus jeune ressortit de la soute, ramassa le calame et le restitua à son coéquipier, puis se mit au garde-à-vous. À quelques coudées de la gueule du tube d'éjection du canot de sauvetage, la procession s'immobilisa. Les gardes dressèrent une enclave humaine autour des deux techniciens. Une ombre s'avança vers eux, supportant deux fardeaux dans sa conscience : la princesse et son rejeton ! Le magistrat s'approcha du cadet et s'enquit de la progression des impératifs d'embarquement. Le jeune soldat exposa l'avancée de leurs tâches, tout en conservant un garde-à-vous impeccable. La sombre tunique de l'administrateur présentait ses fronces au sein du tissu plissé. Le relief du vêtement masquait la maigreur du seigneur Posidonios. Il pivota sur lui-même, dirigeant sa frêle carcasse vers l'imposante stature du lieutenant de Dieu.

– Seigneur Acrisios, la chaloupe est prête à accueillir ses occupants.

Le souverain dirigea sa face lugubre vers la mère et l'enfant, l'amertume s'infiltrait dans chacune de ses pensées. Il prononça quelques diatribes à l'attention de ses descendants. En fait, ce n'était qu'un soliloque mordant, plutôt destiné à tempérer son appétence aux châtiments corporels. Il porta le verbe âcre à l'oreille du magistrat, blasé par les multiples ordonnances de l'administration pénitentiaire et de quelques corruptions, exécutées maladroitement par des fonctionnaires trop zélés à accomplir leurs tâches :

"Est-ce donc l'image de mon drageon et du drageon de mon drageon qui se dresse en face de moi…, ou alors les chimères de deux *dæmons* issues des sombres domaines du Tartare, venant persécuter le représentant de Dieu ?"

Le monarque n'attendit pas la réponse d'Apollo Pythien et déplaça sa masse bouffie vers sa géniture. Il laissa en plan le magistrat Posidonios, affligé d'une sudation importune.

L'enfant plaqua son échine contre les jambes efflanquées de sa mère. D'un œil noir de Érèbe, il observa le corps massif et vieillissant du plus grand oligarque que Déméter ait pu enfanter. Tel un fourreau de soie gluante — savamment tissé par la mortelle Arachné — une tunique de teinte cendrée enveloppait Danaé. Elle avait rabattu le capuchon sur son front, laissant tout juste distinguer deux étoiles glacées transpercer le bandeau d'ombre bleutée, échut du rabat en simple cotonnade. Les yeux s'enlisaient dans leur cavité de chair diaphane, ne laissant fleurir que deux sombres lueurs à la vue du plus haut dignitaire des Hellènes.

Le souverain jeta un bref coup d'œil vers son petit-fils, puis porta toute son attention sur la *primipare*[18] de sang royal :

– Voyez-vous, ma fille, la vie a ceci de particulier qu'elle vous réserve bien des surprises, et vous avez beau prophétiser, analyser et anticiper les événements à venir, elle vous destine toujours un sort à l'encontre de ce que vous espériez. Votre propension à déstabiliser le trône couvre d'un voile d'ignorance les fondements de notre aristocratie. Notre cognation descend d'un si lointain ancêtre, que ses racines s'enfouissent au plus profond du sombre Hadès. Notre destinée se révèle si puissante, que sa cime s'élève jusqu'au trône de notre divin Zeus Pater. Nous sommes issus de la race des Seigneurs ; un sang bleu coule dans nos veines depuis tant de lustres que notre devoir va bien au-delà de tout égotisme. Nous avons des impératifs venant du Divin, des engagements communautaires et des contraintes politiques, qu'aucun sénateur ou politicien ne sera à même de satisfaire. Les gouvernements naissent, règnent et trépassent, mais les enfants des Olympiens demeurent toujours sur terre, résolus à rendre grâce au seigneur *Zeus Herkeios*[19]. Votre *educatio* n'a pas été conçue à la légère, et même si votre enfance n'a pas connu les joies du maternage, duègne et gouvernantes ont su vous apporter tout le réconfort qu'aucun enfant de ce monde, riche ou pauvre, n'eut l'opportunité d'en goûter l'allégresse. Ma fille, en concevant cet enfant sans mon consentement, vous avez trahi ma confiance, et de ce fait corrompu les devoirs et les services que votre titre vous impose !

Sous la cambrure des sourcils, le regard de Danaé tressaillait ; à la surface de chaque cornée, l'imposant reflet du descendant d'Hellên venait y danser, déposant son spectre glacé, comme un sceau monarchique apposé sur deux bulles bien distinctes. Cet anthracite, qui couvait dans ce cœur si pur, révélait de sournoises flammes. Une âme soumise aux brandons d'une éducation rigide, conditionnée par une obédience implacable aux protocoles de la Maison d'Argos. Elle redressa la face, bravant du regard celui qui était à la fois son père, son monarque... et aussi son bourreau :

– Vous êtes bien le souverain de l'*Oikos*[7] ! Le maître despote de la Maison d'Argos. Le *basileus autokrator*[20] des dix tribus de Déméter, prenant ombrage du lignage de Cécrops pour infliger votre bon vouloir sur la classe des nobles et celle des petites gens...

Elle lissa sa tunique d'un gris métallique puis rejeta le capuchon en arrière ; Danaé révéla aux yeux du tyran son rejet à toute soumission hégémonique : le bleu froid du pénitencier enveloppait son crâne fraîchement rasé... En signe de rejet du trône, elle avait demandé à dame Eurydiké de raser ses cheveux, et malgré le refus de la dame de compagnie, la princesse d'Argos prit l'initiative de tondre sa chevelure aux premiers reflets d'argent. Le relief capricieux des fins vaisseaux sanguins traçait son périple sinueux sur le bosselé du cuir crânien. Des traces de morsures, dues au passage du rasoir, avaient déposé leurs marques, divulguant de frais stigmates de rouge cramoisi.

Le jeune Persée portait un manteau pourpre, retenu par une fibule en argent. Au cœur des fronces en cotonnade, le faciès hurlant du Titan Prométhée proclamait sa douleur d'être retenu séquestré si longtemps. L'éphèbe portait la face noble, et dressait sa crinière d'un noir de corvidé, âcre symbole d'une pénible destinée.

Le Wanax se pencha, afin de mieux converser avec son petit-fils.

– Et vous Persée, mon petit-fils, croyez-vous que demain vous serez comme votre mère, l'éternel antagoniste d'un vieux roi ?

L'enfant dévoila un sourire narquois et parla au souverain avec l'arrogance digne d'un guerrier sparte.

– Sire ! Mère m'a inculqué le respect envers votre personne, mais à aucun moment elle ne m'a demandé d'acquiescer vos demandes affectives !

– Et en plus c'est un jeune insolent, digne rejeton d'un drageon avarié.

Épictéta s'avança d'un pas, son teint crayeux témoignait d'une scission insupportable entre une peau laiteuse et les doux rayons salvateurs d'un Phébus lointain. Le nœud du foulard avait été accompli à la hâte, ne laissant découvrir qu'une partie de l'écusson de l'Agéma, ce qui, en d'autres circonstances aurait pu occasionner de graves conséquences procédurières envers sa noble personne.

– Que votre altesse me pardonne d'outrepasser ainsi l'étiquette de bienséance, mais je n'ai point vu mes *hippoperœ*[21] franchir le seuil de la chaloupe…

Le seigneur porta un œil austère vers la gouvernante royale, et coupa sèchement la fin de ses propos :

– Quel héraut vous a donc assuré de partager cette odyssée ?

– N'accompagnerais-je donc pas ma maîtresse et le jeune prince jusqu'à leur nouvelle demeure, votre Seigneurie ? dit-elle d'une voix fébrile et tremblante.

– J'ai d'autres desseins pour vous, et en pareille circonstance, la Maison d'Argos lave seule son linge sale en famille ! Maintenant veuillez me remettre cette alliance qui scellait notre accord ! La tutrice retira l'anneau sauf-conduit de son pouce et le remit, main chancelante, au souverain. Ici s'achève votre engagement, Dame Épictéta !

Les vapeurs éthyliques d'hydromel s'échappaient de la gorge du despote, elles traversèrent les muqueuses nasales de la duègne en chef, excitant ses nerfs olfactifs. Les effluves d'alcool, de cannelle et de miel provoquèrent un état fébrile. À la limite de cet engorgement olfactif, elle n'était pas loin de régurgiter son dernier repas !

Le monarque passa ses doigts sur la cuirasse mordorée, griffant de haut en bas le blindage de synthèse. Tel le Léthé, la galaxie d'où baigne la planète Déméter, une myriade de diodes électroluminescentes scintilla, établissant un subtil contact visuel avec le seigneur de la Maison d'Argos.

— J'ai révisé mes intentions sur la destinée de la mère et de l'enfant. Quant à votre devenir, elle se révélera au sein du *Hiéron*[22] du temple d'Héra, situé sur les terres de la Nouvelle Éphèse. Vous seconderez le prêtre, lors de ses servitudes quotidiennes. C'est un sacerdoce que je vous offre, remerciez-moi de vous épargner la lame scythe pour avoir souillé le crédit que je portais en vous !

— Seigneur ! Seigneur ! Ne m'abandonnez pas ! Tant d'années de service auprès de votre personne ne peuvent disparaître en fumée en si peu de temps. La planète Agamemnon est sous le feu des vaisseaux d'attaques cataphracti. Il ne se passe pas une lunaison sans que des mercenaires perses agressent les colonies !

— Cela suffit, Dame Épictéta ! N'abusez pas de votre prérogative ministérielle. Profitez plutôt de ce dernier instant auprès de votre princesse, ensuite vous préparerez vos bagages, accompagnée de toute la sérénité et le détachement qu'il se doit en pareil cas...

L'égide du souverain retourna à sa veille première, ne laissant surgir de sa carapace de synthèse qu'une constellation de diodes éteintes, ornant sa surface moulante. L'homme au râble épais pivota sa masse imposante vers le magistrat Posidonios. Le manteau en poil d'hermine accrochait la lumière froide de la forteresse carcérale, apportant au goitre du souverain un relief d'une hallucinante mensuration ; les premiers symptômes — relatifs à des problèmes thyroïdiens — manifestaient leur présence depuis peu. Déjà, son élocution avait perdu de sa prestance, véhiculant une cinglante dysphonie de la voix :

— N'était-il pas dit que la chaloupe devait être prête dans l'instant ? De plus, je constate encore la présence de deux techniciens dans la soute, alors que la nef de sauvetage aurait déjà dû caboter au sein de l'éther !

Le directeur de la prison se sentit soudain embarrassé, arborant un visage aussi déconfit que la face d'un mort, devant les trois gueules d'un Cerbère affamé.

Derrière le haut fonctionnaire, Danaé et Eurydiké partageaient leur dernier instant de complicité ; les deux jeunes femmes n'avaient de cesse d'ouvrir leur cœur, affrontant l'avenir avec des mots d'espoir, et des projets d'alliances, sachant que ni l'une ni l'autre ne pourrait forcément les concrétiser. Elles paraissaient en retrait de cette scène théâtrale, où les enjeux politiques les dominaient, comme de vulgaires pantins soumis au bon vouloir du marionnettiste. Ce marionnettiste avait des exigences oligarchiques, afin de satisfaire son immense soif de pouvoir. Soutenu par quelques familles aristocratiques, il ne pouvait faillir dans sa tâche perverse, menant à bien des projets les plus fous : comme, déclencher un génocide pélasgique.

Le massacre des Pélasges d'Argos, lors la fête des *Nicetéries*[23] — durant la troisième nuit de la troisième décade du mois de boédromion —, avait révélé toute son horreur. La barbarie était un mot bien faible pour exprimer tant de cruauté envers une peuplade des Hellènes. Ballottés d'un district à un autre, les Pélasges récoltèrent l'amer traité d'alliance contracté avec le peuple Perse : *"un pacte avec l'ennemi, c'est un pacte avec la mort !"* affirma le despote. Le plus grand aristocrate d'Argos n'avait pas bronché lorsque le Premier ministre lui annonça l'extermination de la communauté pélasgique d'Argos. La haine contre une particularité ethnique finit par handicaper la politique fédérative de la nation, quoique en pense le Magistère des Hellènes. Acrisios le savait bien, mais il s'en lava les mains, laissant le peuple régler ses comptes dans le plus grand chaos que l'Argolide eût connu depuis la nuit des temps…

Si Danaé portait la péplos avec toute la simplicité qui seyait à sa personne, dame Eurydiké affectionnait les tissus fins et soyeux ; elle exhibait une tunique fastueuse, où le céruléen côtoyait l'ocre, l'émeraude et la pourpre, et où les fibules d'argent et d'or calfeutraient un corps d'une incroyable beauté. Pourquoi cette belle jeune femme laissait-elle flétrir sa jeunesse dans l'antre d'une geôle, alors que tant de jeunes — et de moins jeunes — aristocrates et stratèges n'avaient de cesse de la courtiser ? Que de sollicitations en mariage n'avait-elle pas repoussé au lendemain, afin de rester au service de sa maîtresse !

Un bandeau pourpre ceignait sa chevelure, dont de longues boucles, d'un noir d'ébène, coulaient au-dessus de ses tempes et allaient se reposer délicatement sur ses frêles épaules. L'aristocratie avait ses aises et ses travers, et s'il y avait quelques privilèges qu'un patricien puisse encore s'accorder au sein d'une prison, c'est bien le luxe et le confort !

Les deux techniciens achevèrent finalement leurs besognes ; ils avaient déconnecté le système de propulsion de la chaloupe et débranché la radio. La mine radieuse, le plus jeune s'extirpait du ventre de l'esquif, montrant toute sa joie devant l'aboutissement de sa noble tâche, mais face aux regards froids et distants du monarque, il courba l'échine.

Le silence régnait, aussi pesant qu'un Hélios de plomb au-dessus d'une colonne d'hoplites en attente du combat. Persée se tenait à côté de l'astucieux Micion. Derrière les enfants, les gémeaux scythes faisaient office de cerbères, un œil sur les éphèbes, un autre sur Épictéta. Le teint olivâtre et les lèvres pincées, la nourrice de Danaé ruminait ses pensées. Seule la marque du Sauf-conduit prouvait encore de son antique présence. Elle ressentit un immense vide, un gouffre des Apothètes engloutissant tout son être. Après tout, embrasser quotidiennement la main droite de la Noble Dame, n'était-il pas préférable aux servilités récurrentes du plus grand des stratèges ? Une *Adoratio* devant la représentation de la déesse Héra, n'était-elle pas plus profitable que courber l'échine devant l'oligarque le plus corrompu que Déméter ait enfanté ?

Le monarque s'approcha du magistrat Posidonios ; le manteau en poils d'hermine accrochait les faisceaux lumineux de la station, dont les poussières virevoltantes — fines scories métallifères — allaient s'y déposer et délivraient les odeurs âcres des lubrificateurs.

— Veillez à ce que Dame Eurydiké puisse quitter le centre carcéral par la prochaine navette !

— Dame Eurydiké n'est donc pas du voyage, Sire ? demanda le directeur de la prison.

Le caparaçon, à l'effigie de la Méduse Gorgone, abordait le sombre manteau du magistrat, frottant ses écailles d'un bleu d'acier contre la roide tunique du fonctionnaire pénitentiaire. Les mâchoires du mythique prédateur n'auraient pu trouver en ce grand bourgeois plus subtil repas.

— Comment pourrait-elle incarner encore sa demoiselle de compagnie, alors que sa maîtresse est destinée à une fin bien sombre ?

Le magistrat en fut bouleversé ; il ne s'attendait pas à ce revirement de situation. La princesse sera donc immolée sur l'autel de *Zeus Kronide*[24] !

Posidonios se hasarda à une nouvelle approche plus diplomatique :

— Votre altesse ! Allez-vous livrer votre propre fille sur l'autel de l'obscur Thanatos ?

Le Wanax se retourna vers son sujet, la mine visiblement ombrageuse par cette importune quémande de plaidoirie :

— Croyez-vous donc alanguir mon sens du discernement par votre quête insensée de généreuse équité humanitaire ? Il est grand temps de mettre un terme à tout cela ! Regardez autour de vous : l'assistance commence à s'interroger sur les intentions de leur souverain. La princesse a toujours été proche de son peuple, et en particulier de la plus basse caste. Jamais ! Oh non jamais je n'ai mis un seul veto aux nombreux sceaux royaux apposés sur chacune des missives de ma fille. Et même lorsqu'elle fut soumise à l'*ostraka*[25], en aucun cas je n'ai condamné ses passions pour une cause perdue d'avance : une caste destinée à retourner la terre des agriculteurs ou à purger les canalisations des voiries d'Argos. Malgré ma haute charge ministérielle, croyez-vous qu'en tant que père cette condamnation puisse m'enchanter ? Maintenant laissez-moi accomplir mes devoirs. Quant à vous, remettez plutôt de l'ordre dans votre centre disciplinaire, car je suis en droit de mettre fin à votre carrière… et cela de sitôt !

D'un pas lourd, le roi d'Argos s'éloigna du fonctionnaire, laissant le seigneur Posidonios dans un état mental à la limite de la schizophrénie. De toute façon, le notable n'était pas loin de prendre sa retraite, tout juste une douzaine de lunaisons à administrer au sein du plus grand complexe disciplinaire que la planète Déméter eût enfanté. Entre les revendications des gardiens, les récurrentes rébellions des détenus et les maintes procédures administratives, il avait peu de temps pour contenter son ego. Dans son cas, il était bien la seule personne du site carcéral à décider du sort d'autrui !

Entre les quatre gardes du corps des Argyraspides et un cordon de surveillants du pénitencier, la gent matriarcale se sentait oppressée : Danaé, Eurydiké et Épictéta ressentaient la formidable puissance bestiale du sexe opposé. Les haleines souillées de la milice, provoquées par une addiction d'alcool, déclenchaient ce choc viscéral entre les deux spécimens de l'espèce humaine.

Revêtu de la pelisse royale et du caparaçon gorgonéion, le roi émergeait de cette onde humaine, tel l'éperon d'un navire de guerre hellénique maculé par le cruor de ses ennemis. L'homme-lige reprenait ses fonctions, éventant inlassablement son seigneur, d'une régularité digne de la mécanique céleste. Derrière le souverain, les deux praticiens inspectaient du coin de l'œil chaque geste de leur noble patient, l'esprit en alerte, et toujours prêts à intervenir en cas d'asthénie soudaine de Sa Majesté. Caducée argenté dans une main et sacoche dans la seconde, ils guettaient ostensiblement leur éminent malade et confrontaient leurs diagnostics à chaque instant, à même l'échine de leur maître. Tout ce petit monde suivait son suzerain, ceinturé par l'implacable bataillon des Argyraspides... L'air froid de la salle d'appontage enserrait la communauté du site pénitentiaire de ses serres glacées, et la lumière tamisée des projecteurs à arc amplifiait cette scène orphique, où des âmes allaient trépasser...

Le seigneur Posidonios s'approcha de Danaé, et lui assigna solennellement l'ordre d'embarquer. Le visage de la princesse avait le teint cireux, une carnation proche de l'état cadavérique. Elle redressa son port de tête, le bleuté des lampes à décharge dessinait le contour gracile de son cou. La veine jugulaire émergeait de son lit de chair diaphane, laissant percevoir la liqueur violine parcourir l'antre de ce corps fragile. Elle se tourna vers sa tendre confidente, la dépositaire de ses secrets exposait un visage crispé, buriné par toutes les interrogations du monde. La demoiselle de compagnie laissa échapper une larme, dont l'irisation salée s'accrochait au coin d'un œil fardé de noir d'aniline. D'un doigt, la princesse lui retira cette perle saumâtre, témoignage d'un âpre combat contre les forces sombres des Titans, les premiers Ouraniens.

Danaé lui susurra quelques mots de consolation.

– Mon amie, ma confidente, vos pleurs sont telles les eaux limoneuses de l'Œnée allant fertiliser les terres de notre verte Thessalie : elles viennent amender mes attentes, et croyez bien que cette séparation n'est que temporaire, car mon Bien Aimé a un dessein plus vaste et lumineux que les obscures intentions du plus corrompu des oligarques.

– Maîtresse, sans votre présence que vais-je devenir ? Ne serais-je qu'une Ombre échappée des Hadès, dépourvue du scintillant Hermès pour tout guide ?

Danaé lança un regard froid en direction de son père, attendant que le plus haut des stratèges réponde aux interrogations de son amie. Le souverain resta de marbre, aussi sombre qu'un monolithe de basalte.

Accompagnés d'une modeste détermination, deux gens d'armes s'engouffrèrent dans le boyau menant au canot de sauvetage, transbordant les bagages de la première dame d'Argos ; le binôme disparu dans le conduit ombilical, baigné par le halo bleu et froid du tube de connexion.

La main de Danaé se réfugia dans la chevelure de l'enfant. Persée releva la tête, et plongea son regard céruléen sur les pupilles perle de jais de sa mère : des larmes exposaient leur présence. Secondés par un garde royal, la princesse et le fils s'avancèrent jusqu'à l'entrée du conduit. D'une volonté de fer, Micion voulu s'arracher des bras du colosse scythe, afin de retrouver son ami Persée. Le jeune rebelle gigotait entre les mains du géant, tel un vairon piégé par un batracien bien décidé à en faire son repas. Posidonios observait en silence la scène d'embarquement. L'administrateur de la forteresse ne laissait paraître aucune émotion. Il notait combien l'intellect humain pouvait être vulnérable, soumis aux caprices de la passion et de la soif du pouvoir. Le destin du régisseur se situait à une étape cruciale de la destinée sociale : la montée en puissance du plus grand tortionnaire que le peuple des Hellènes ait connu !

Sans même se retourner, la mère et l'enfant s'enfoncèrent dans le boyau, reliant la salle d'appontage à la chaloupe. Le goitre du souverain feulait, en se frottant contre le col en poil d'hermine. Le sifflement de cet ophidien allégorique semblait exprimer un subtil réconfort, que le roi Acrisios sera bientôt libéré de cette infâme prophétie, augurée par la prêtresse de Delphes !

Le valet se rapprocha de sa noble personne, afin de l'éventer. Le monarque redressa subitement son bras énorme, envoyant valser le laquais et son éventail au-dessus des dalles de la station pénitentiaire. Le domestique se redressa, une goutte de cruor glissa d'une narine, et roula sur son lit de chair agressée. D'un revers de main il évacua les séquelles de cette effroyable situation, puis se posta derrière son maître, le corps tremblant, dans une pose emplie d'amertume.

Les militaires reparurent, inondés par les lumières glauques de la salle. Les trois hommes se plantèrent devant le monarque et le régisseur, figés par le devoir et la frayeur. Le vrombissement de la ventilation, s'infiltrant dans la salle d'appontage, apportait une note sépulcrale à la scène.

Posidonios fit un pas vers les deux techniciens, placés de chaque côté de la bouche d'embarquement, leur faisant signe de refermer l'écoutille. Le cadet s'approcha de la trappe et appuya sur un commutateur fiché près du châssis. Le mécanisme du diaphragme se mit en route, accompagné du timbre terne et lourd des volets d'occultation. L'iris montrait une dernière fois la pourpre du manteau du jeune prince, avant de se clore entièrement, symbolique fleur d'asphodèle... Les couleurs criardes des opercules de la nacelle rappelaient l'assemblée à l'instant présent, où le potentat, digne représentant de Zeus, osa casser la monotonie du lieu :

— Eh bien, qu'attendez-vous pour actionner le largage de la chaloupe ?

D'un air maussade, Posidonios tourna les talons vers son maître, puis inclina la tête en direction du second technicien, placé à l'autre bord du sas. Celui-ci actionna un levier. Arrivé en bout de course, on entendit un souffle rauque évacué l'air contenu dans le tube d'éjection. Un petit écran, placé au-dessus de l'écoutille, montrait une vue du vide sidéral ; quelques gouttes de clepsydre plus tard, on vit apparaître le caveau s'échapper de la base carcérale — nimbé d'un gris ardoise et des diodes clignotantes bleues et rouges —, lancé vers les étoiles, dans un silence sépulcral. La foule restait de marbre devant cette tragédie. Et plus tard, bien plus tard, les historiens, les philosophes, les médias, mettront en évidence la tragédie d'Argos, exposant leurs points de vue, leurs divergences concernant la relation au sein du foyer royal, de la disparition de la mère de Danaé, du rôle de l'enfant et de ses rapports avec l'autorité, le potentat... le Wanax... l'avatar de Dieu...

D'une main tremblante, Eurydiké caressa son collier d'émeraudes, présent de sa princesse lors de ses dix-sept printemps. Elle tira sur la chaîne, dont l'attache était proche de la rupture, et tint d'une main ferme le pendentif en argent, un dauphin nageait vers son utopique Thalassa... Son âme était terrassée par cette tragédie digne de Sophocle. Des images d'un passé récent émergèrent dans son esprit, déjà un souvenir, à la fois si futile et si précieux qu'en cet instant si douloureux...

Chroniques de Déméter :
"... Le corps de mon ami Plisthène reposait sur le lit mortuaire, recouvert d'un linceul aussi blanc que son visage au teint d'albâtre. Sa sœur Cassandre implorait la déesse Déméter, tout en pleurs devant la dépouille de l'aîné. Le maître reposait dans son cabinet de travail, entouré de ses proches et de son fidèle ami... votre dévoué serviteur. Il avait tant donné pour l'université — toujours en quête d'un manuscrit ou d'une rencontre avec un Ancien. Il connaissait de nombreux dialectes et les idiomes des communautés les plus reculées de la coalition. C'était un grand anthropologue, linguiste et philosophe. Entre la perte d'un ami, les lamentations des proches et les chants funèbres de l'aède Cypsélos, mon esprit divaguait et partait en des lieux issus du sombre Tartare...
Ô Seigneur Orphée, en ces jours terribles tes chants atténuent mes douleurs !"
Cléobule, maître d'éloquence à l'Université de la Nouvelle-Athènes, lors des obsèques de son ami Plisthène, le huitième jour de la seconde décade du mois de posidéon, durant la première année de la 1724ᵉ olympiade.

5

Une pêche miraculeuse

Le fuselage de la chaloupe de sauvetage s'immergeait dans un lit sombre, sépulcral ; cachés par le manteau cosmique du dieu Érèbe — enfant né de Chaos —, les astres de la galaxie du Léthé avaient disparu, invisibles à l'œil du mortel. Des éclats aigue-marine et de rouge cramoisi s'invitaient sur les contours grisâtres du récif céleste. Le minuscule vaisseau partait à la dérive, happé par la gravitation de Déméter dont sa vaste circonférence dévoilait son étendue bleutée vers l'échine bombée du canot. Destinée à l'origine à sauver des âmes, la chaloupe devenait la dernière demeure de la princesse et de son enfant, vouée à subir l'écrasante attraction de la planète et à finir sa course dans un flamboiement digne du Phlégéthon, le fleuve ardent des enfers. Sous la verrière, les corps de Danaé et de Persée étaient allongés, côte à côte, leurs esprits plongés dans une léthargie causée par de la morphine introduite insidieusement durant leur dernier repas. Paupières closes et visages fermés, la mère et le fils plongeaient dans les bras de Morphée, le seigneur du sommeil. Quelques diodes clignotaient dans l'habitacle et apportaient une vision orphique ; il y a tant d'analogies du royaume de Morphée à celui de Thanatos.

La barque voguait au sein de l'éther, survolant le satellite Hêllen dont le disque blafard émergeait lentement de l'obscur drapé de son illustre mère, la belle Déméter. Les astres perçaient de leurs dards lumineux le manteau sidéral du dieu Ouranos, signe avant-coureur d'un nouveau destin.

Sur le tranchant de la galaxie Léthé, une sombre brèche avalait les luminaires et progressait vers sa proie... L'ombre émit une brève pulsation d'un pourpre luminescent ; un filin s'y déploya et fila à la vitesse de l'éclair jusqu'à son butin. Le grappin s'accrocha au frêle esquif puis se replia en direction de l'obscur vaisseau. Le géant de fer venait d'avaler Danaé et son fils Persée...

***

Un éclat laiteux inonda les paupières de Danaé ; au coin de l'œil, une larme jaillit, roula sur sa peau dont le velouté commençait à s'étioler et s'échoua sur le drap de simple cotonnade. La princesse d'Argos s'éveilla, la tête enflammée par des Lémures avides d'emplir leur panse des tourments émergeant du passé. Sa main parcourut le drap, à la recherche du fruit de ses entrailles... La nuque raide et les tempes flagellées par l'afflux sanguin, elle se redressa brusquement et ouvrit les yeux. Elle tourna la tête. Pour toute réponse, elle ne rencontra que le bord d'un lit vide et froid, et l'image délavée d'une tapisserie accrochée négligemment sur un pan du mur.

La lumière du jour l'inonda et noya son chagrin naissant. En face, une baie vitrée offrait sa part de ciel bleu ; en pénétrant dans la chambre, la lumière dévorait la couleur lie-de-vin d'une partie d'une armoire, adossée au mur comme un immense chien de garde, et diffusait ses rayons salis par de particules de poussière dansant sur un contre-jour mélancolique. Danaé portait une tunique de lin, retenue à la taille par un simple cordon à deux glands. Elle fit quelques pas, la fraîcheur du carrelage éveilla ses sens…

Les Champs-Élysées ? se demanda-t-elle.

Cheveux en bataille, elle pivota lentement sur elle-même afin de découvrir les lieux ; d'une dimension restreinte, la pièce disposait malgré tout d'une commode baroque, dont le coloris charbonneux contrastait avec le grisé du dallage et des murs aux multiples recoins. Dans un repli de la paroi opposée, une console présentait ses accessoires et contenant du soin du corps : capsules, parfums et onguents attiraient inévitablement le regard. À l'orée de cette aire dédiée à la divine Aphrodite, une psyché assez vétuste trônait et renvoyait le reflet de sa chevelure broussailleuse. *"Rejeton de Gorgone"*, murmura-t-elle. Puis elle se dirigea vers la baie, dont les battants étaient retenus par une espagnolette. Au travers des carreaux ternis par les embruns salés, un immense mur d'enceinte cachait partiellement la vue de la côte, dont elle apercevait quelques franges rocailleuses au loin. Sur la trame du ciel, deux goélands s'affrontaient pour une prise, que le plus petit s'évertuait à conserver dans son bec. Les effluves saumâtres de l'iode parvinrent jusqu'à ses narines, plongeant son mental dans les bras d'un passé nostalgique, attaché sur les franges de la grande Thalassa. Sous les déformations du verre de mauvaise qualité, la bordure de fortification ondulait et se décomposait en multiples sections. Elle ouvrit l'espagnolette et écarta les fenêtres ; un vent léger et salé l'envahit, un Éole aux effluves d'iode et âcres de la mer Égée.

Danaé se pencha au-dessus de la balustrade, son regard chuta sur une centaine de coudées la séparant du terrain. Un aéronef aux formes insolites s'y reposait. Elle comprit qu'elle était internée au sommet d'une tour. *Prisonnière... Encore prisonnière !...* Le souffle du Meltémi agita sa chevelure d'un noir d'aniline. Puis elle redressa la tête, le plus petit des goélands lâcha sa prise, le poisson, encore frétillant, tomba à pic ; l'autre profita de l'occasion pour fondre sur son nouveau repas. Sur le fil de l'horizon, le disque de Phébus s'arrachait du sombre Tartare et prenait de la hauteur sur le chapelet d'îles posé sur la vaste étoffe de la grande bleue. Des crêtes écumeuses explosaient au contact des brisants à l'approche du rivage…

Les yeux ourlés de larmes, Danaé recula et referma les fenêtres. Au moment où elle se dirigea vers la porte, des bruits de pas allèrent croissant. Quelqu'un tourna la clé, la porte grinça sur ses gonds et offrit l'image saisissante de son fils, plaquée contre les jambes d'une inconnue et d'un homme de forte corpulence à la barbe buissonneuse. La femme lâcha l'enfant. Persée accourut vers sa mère, il se blottit contre elle — un Œdipe encore plongé dans l'enfance et le gynécée. Les deux personnes traversèrent le seuil. L'homme devait atteindre une douzaine d'olympiades[25], la femme semblait être sa servante. Fière descendante de l'illustre Héraclès, Danaé redressa son port de tête et affronta du regard les deux individus.

"Qui êtes-vous ?" lança-t-elle.

— Vous êtes ici en mon royaume, sur l'île de Sérifos, dame Danaé !

Elle contempla le visage de son enfant, dont les mèches d'un blond de blé commençaient à s'assombrir. Elle y plongea ses mains.

— Comment est-ce possible ?

— Notre vaisseau automatisé, le Cétus, a récupéré votre chaloupe de sauvetage. Elle errait sur une orbite géostationnaire. Quelques dies de plus, et vous sombriez dans les entrailles des Hadès.

Elle semblait abasourdie par toutes ces circonstances favorables. Son amant avait tout prévu ; n'est-Il pas *Zeus Olumpios* ? Impressionné par la stature de l'inconnu, Persée le regardait accompagné d'une certaine appréhension.

— Polydectès, pour vous servir, belle dame… dit-il tout en jetant un regard amusé vers son jeune antagoniste, et lui décocha un sourire narquois.

En contrepartie, Persée lui lança un regard noir.

Danaé ne semblait pas comprendre la situation ; la servante regarda brièvement son maître et s'avança d'un pas. Polydectès expliqua la position de sa nouvelle captive.

— Je viens de vous sauver la vie. Vous serez aux bons soins de Charybe, elle a connaissance des us et coutumes de l'aristocratie… Une esclave arrachée à une riche demeure athénienne. Elle veillera sur vous et contribuera à vous apporter tout le nécessaire… et même le superflu d'une dame de haut rang. N'hésitez pas à la solliciter pour vos besoins de l'instant. Elle acquiescera au moindre de vos caprices … Jusqu'à une certaine mesure, bien entendu.

La princesse écarta de grands yeux, dont les iris s'ouvraient sur un gouffre sans fond. D'une contenance olympienne, elle s'avança vers son… sauveur.

– Qu'attendez-vous de moi et de mon fils ? Si mon père apprend que vous avez contrarié ses ordres, je crains pour votre personne car son courroux va bien au-delà de ce que vous pouvez imaginer.

Polydectès lâcha un rire caustique. La servante resta figée devant les turbulences vocales de cette Gorgone mâle. L'homme fit le tour de sa noble prise et lui murmura à l'oreille.

– Votre père a d'autres chats à fouetter avec la coalition athénienne, et à l'heure qu'il est, il doit offrir des oblations à la déesse Hestia. De plus, j'ai sous mon commandement dix mille âmes prêtes à se sacrifier… Lorsque vous offrez le pain et le vin à un homme dans le besoin, peu importe les conditions du traité !

Il s'approcha de la baie et ouvrit les vantaux, des effluves iodés envahirent la pièce. Danaé observa le pirate, se découpant sur un fond gris-bleuté. Son visage était taillé à la serpe, prêt à affronter les colères du dieu Pontos et à endurer les batailles au corps-à-corps. Des oiseaux tanguaient sur les courants aériens et bravaient la fureur du Meltémi, ce vent puissant jailli du septentrion. Un pan de la baie claqua sur l'épaule de Polydectès. L'homme ne broncha pas, il possédait une force intérieure bien plus puissante qu'elle imaginait. Sous l'humeur d'Éole, ses mèches de cheveux se dressaient comme la crinière serpentiforme de Méduse. La voix cassée par les rafales du vent, il s'exclama :

"Ici, je suis le maître du monde !".

Il referma les fenêtres et se retourna. Nimbé par le contre-jour, le relief des cicatrices et des premiers plis de vieillesse s'y renforçait, donnant une dimension bestiale de l'écumeur de la mer Égée. Il fit quelques pas vers Danaé et l'enfant, accroché à sa mère comme un naufragé à une bouée de sauvetage. Son regard de rapace détaillait les formes sublimes de la princesse. Il orbita autour d'elle, semblable à un prédateur prêt à fondre sur sa proie. Il caressa ses cheveux fins et y noya ses doigts. Des reflets bleutés s'y accrochaient et renvoyaient ses nuances froides sur les doigts du mécréant. Elle ne broncha pas, l'homme aurait bien pu abuser d'elle à sa convenance. Il souleva une mèche. Baignées par la lueur du jour naissant, de fines volutes de poussière dansaient autour de sa chevelure, offrant une image surnaturelle de l'instant.

— À demeure vous résiderez au sein de ma maison. Vous serez… Comment dit-on déjà… mon égérie, ma muse, et vous finirez par céder à mes avances, dit-il d'une voix tranchante. J'attendrai le temps qu'il faudra…

Il lâcha la mèche de cheveux, qui retomba élégamment sur son épaule, et tout en parlant se tourna vers la vieille Charybe.

— Charybe sera votre guide, elle vous présentera notre île et notre citadelle. Vous verrez ! Malgré son austérité et sa rusticité, vous apprécierez Sériphos.

Il s'engagea sur le seuil de la porte d'une démarche assurée, et se retourna…

— Ce soir nous fêterons votre venue. Je veux que vous soyez parée de la plus belle robe des Cyclades. Mes amis ont soif de vous connaître. Ne me décevez pas !

Il franchit la porte d'un pas énergique. Un air glacial pénétra dans la chambre ; le temps partait au beau.

***

Au ponant, un Phébus vêtu d'une pourpre embrasée rejoignait l'empire des Hadès. Hespéros – la Vénus du soir – clôturait ce voyage vers le rebord du monde, une étincelle de vie accrochée sur la voûte stellaire. Une brise légère et salée caressa les lèvres humides de la princesse. Rivée à la rambarde du belvédère de Sérifos, Danaé plongeait son regard sur le fil de l'horizon. À des milliers de stades de là, le roi Acrisios semblait enfin libre de son destin. Il pouvait dormir sereinement, à l'écart d'un crime familial augure par la pythonisse de Delphes. Elle remonta le châle, un vent frais issu de la mer Égée commençait à annexer les Cyclades. La vieille Charibe ne la quittait pas d'une semelle, prenant soin de sa maîtresse, du gynécée aux sombres coursives de la citadelle. Le timbre d'une double-flûte lâchait ses complaintes lascives ; la musique de l'aulos[26] émergeait de sombres images du passé : abritée du regard du simple mortel, Danaé avait grandi sous les fastes du palais. Et malgré cette remarquable destinée, sa vie se résumait au paraître, à l'intransigeance des devoirs aristocratiques, des réceptions diplomatiques et mondaines. Charibe dirigea son regard vers la dame d'Argos, les pupilles vibrant sous l'éclat de l'astre déclinant.

– Maîtresse, notre seigneur va se mettre en colère…

Les yeux plongés sur le vaste océan, Danaé ne bronchait pas. Une larme émergea du coin de l'œil et coula sur les fards, déposés sur ce derme fatigué par tant d'artifices. La vieille servante présenta un mouchoir que rejeta la princesse.

– Laissez ce doux Zéphyr étancher cette larme issue de la nymphe Anémone…

Derrière les deux femmes, des rires et des cris fusaient de la salle de réception. Des courtisanes se mêlaient aux beuveries des rustres marins. Une orgie bien loin des lustres de l'opulente cité d'Argos. Danaé consentit à saisir le mouchoir que Charibe tenait toujours en main. Lorsqu'elles se retournèrent, un ouragan s'abattit sur elles : Persée apparut haletant et tout en sueur, accompagné de deux éphèbes turbulents. Elle le semonça d'une voix éraillée.

– Que faites-vous en ce lieu de débauche ? dit-elle tout en jetant un regard noir sur la pièce de réception — une ancienne salle d'armes en fait. Le prince remarqua le visage mélancolique de sa mère.

– Mère, vous pleurez ?

Elle plaqua ses deux mains sur son visage et, les doigts tremblants, fit mine de remettre de l'ordre dans sa coiffure.

– C'est l'air salin… Juste un coup d'embruns… Je veux que tu retournes dans nos appartements, Persée. Tu n'as rien à faire ici. Elle se retourna vers la servante. Charibe, ramenez Persée dans sa chambre…

– Mais, je viens tout juste de me faire des copains…, coupa-t-il d'une voix anxieuse. Regarde ! Voici Céryx et Épiméthée, dit-il nerveusement. Ils viennent de l'île de Délos.

– Je ne veux rien savoir ! s'égosilla-t-elle, la voix aux portes de l'aphonie.

Elle attrapa le bras de son fils et livra l'enfant à la servante. Un coup de vent, plus fort que les autres, défit les tresses de sa coiffure. Les cheveux se soulevèrent, divulguant un cou gracile au teint laiteux. Charibe et Persée se dirigèrent vers un renfoncement de la roche et la vieille poussa la porte enfouie dans le relief géologique. L'obscurité du boyau les avala…

Danaé marcha jusqu'à la salle de réception. Les dernières lueurs d'un Phébus déclinant pénétraient dans la pièce ; un rouge cinabre enveloppait les corps, alanguis par les orgasmes et les libations de vin en l'honneur de Bacchus. Elle remonta la tunique. Le manteau léger recouvrait une maigreur manifeste, puis elle enjamba la margelle et frôla deux hommes affalés sur un tapis persan, arborant des coupes de vin âcre dans leurs mains ; le plus rustre donna un coup de coude à l'autre ; des gouttes pourpres s'éjectèrent du récipient.

– Regarde qui voilà, Pirithoos. La *pute* d'Argos vient prendre son pied.

L'autre homme sourit.

– Parait qu'elle a couché avec le seigneur de l'Olympe...

– Tu parles ! c'est une nymphomane, une vorace du sexe, soumise à l'abstinence causée par une éducation trop rigide. A-t-elle au moins connu un homme ?

– Si elle a faim de sexe, j'ai un membre digne de Priape pouvant assouvir ses fantasmes... dit-il en caressant le sien.

Pendant que les deux hommes s'esclaffèrent, la princesse s'avança vers Polydectès, entouré par deux belles prostituées issues d'un lupanar d'Athènes. Ses compagnons d'aventure se prélassaient avec lubricité sur des coussins et des tapis persans de grande valeur, enlacés par des courtisanes issues de l'archipel des Cyclades. Lorsqu'elle franchissait les corps lascifs, un pan de sa robe dévoilait une jambe de lait fuselée. Malgré son âge avancé, Danaé présentait une plastique d'une étonnante fraîcheur, favorisée par un destin hors du commun. L'étoffe de soie brodée se parait de motifs palmés et de vagues colorés d'ocres et de bleus, apposés sur un tissu d'un gris electrum — un vêtement sûrement volé à une riche bourgeoise athénienne ou thébaine. Les sons de la syrinx et de l'aulos renforçaient cette bacchanale, dont les instigateurs, vautrés sur le sol, s'en donnaient à cœur joie. Les corps se mêlaient, se caressaient, fusionnaient en des étreintes dignes des orgies dionysiaques. Et sous une musique envoûtante, des cris d'orgasmes et des éclats de rire se répercutaient sur les murs de la salle, plongée dans une pénombre libidineuse. De l'autre côté du belvédère, le disque solaire s'immergeait au sein d'Océan recueillant son drapé d'un ocre scintillant...

La princesse d'Argos se retrouva devant Polydectès. Les libertines cajolaient leur maître, pendant que la brune caressait son torse velu — les doigts couverts d'améthystes et de turquoises —, la rousse plongeait sa main sous la tunique de l'aventurier débonnaire. Soumise à une éducation sévère, Danaé pouvait soutenir n'importe quelles opportunités relationnelles. Et dans cet environnement hostile, elle arrivait à faire montre d'une force intérieure que peu de femmes possédaient.

– Tu t'es enfin décidée à venir, dit-il sur un ton narquois. Par contre je n'apprécie guère que l'on me fasse attendre, lança-t-il avec sévérité. En d'autre occasion, j'aurais flagellé l'effrontée que tu es... Mais je réfléchis à ton devenir, et il m'est agréable de profiter de l'instant présent en ta compagnie... Il tourna la tête vers la rousse et la brune, et les rejeta. Viens t'asseoir près de moi. J'ai soif de culture, et ce n'est pas avec ce genre d'individus que l'on peut discourir sur l'évolution du monde.

Danaé fit une pause, puis consentit à rejoindre Polydectès. Elle se blottit contre un coussin de soie. Polydectès lança un ordre à l'échanson du moment. L'adolescent arriva en courant, risquant de renverser le pichet à vin.

– Sombre abruti, fais attention ! Je t'ai demandé à boire, pas de me noyer. Sers la dame, et avec délicatesse, ou je te coupe ce qui te sert à uriner...

Danaé refusa l'attention. L'échanson regarda son maître, le cœur tremblant. Le pirate tendit sa coupe puis refoula le jeune serviteur d'un mouvement de main. Une jeune fille, pleine d'entrain, présenta un cratère empli de victuailles, des fruits et des biscuits débordaient de la corbeille.

– Mange ! Il contempla le corps de la princesse. Crève-t-on la faim en Argos pour présenter une maigreur aussi spartiate ?

Il but la coupe d'un trait et s'éclaircit la gorge. Un relent de picrate vinaigré infesta l'atmosphère. Danaé se retint de restituer son dernier repas sur le tapis persan. Elle s'efforça d'avaler un morceau de *kouriambiede,* mais le biscuit n'avait pas cette saveur qu'elle connaissait. L'œil sombre, il la dévisagea.

– Que vais-je faire de toi ? Te vendre sur les marchés des Sicules ou d'Ithaque, parée de vulgaires colifichets phéniciens, ou bien te garder sous mon toit afin que tu me serves le vin ou l'hydromel durant l'akratismos[27] ?

Il commença par caresser sa joue... — elle ne bougea pas d'un doigt, et se referma comme une palourde attaquée par une étoile de mer — et continua en effleurant son cou d'un doigté délicat, pour un écumeur des mers. Il lui susurra à l'oreille :

– Mais qui pourrait avoir besoin d'une princesse sous son toit ? Et pour en faire quoi ?

Tout à coup des éclats de voix émaillèrent son exploration. Un homme interpella Polydectès :

" Un *skolion* ! seigneur Polydectès. Un *skolion* !"

"Ah ! Après le philtre, le peuple veut du chant... Que l'on m'apporte la dernière pucelle du coin, et j'entamerai un péan en l'honneur de Dionysos Philoimos..." s'égosilla-t-il, la bouche écumeuse et le regard pétillant.

Danaé le regardait, les yeux exorbités.

La fille débarqua peu après, escortée par un nain. Le petit homme avançait avec une rapidité déconcertante, tirant la jeune fille par la main. Le singulier couple se retrouva devant leur seigneur, dans une position risible : le nain s'acharnait sur la pauvre fille afin qu'elle fasse une génuflexion devant son maître. Polydectès se mit en colère.

– Suffit, Amphissos ! Je ne suis pas un dieu vivant pour qu'elle fasse un *proskynèse*... Approche mon enfant, dit-il sur un ton mielleux, comment t'appelles-tu ?

Nu-pieds, elle s'approcha de son seigneur. Elle avait le corps souple, la taille fine et la démarche aisée. Vêtue d'habit pastoral, elle courba légèrement la nuque, des mèches d'un noir d'onyx retombaient sur une poitrine d'où pointaient deux petits tétons. Elle devait avoir tout juste quinze ans, et déjà le port d'une femme rebelle.

– Mélobosis... Seigneur...

Arrachée à ses maigres pâtures, la craintive bergère ne se sentait pas en confiance devant ce parterre de coupe-jarrets et de violeurs notoires.

– Viens me rejoindre. Après avoir exalté un péan en l'honneur d'Aphrodite, nous ferons l'amour toute la nuit. Et dès l'aurore, tu pourras prendre ce que tu veux et rejoindre ton troupeau, lui dit-il en présentant d'un bras vigoureux la pléthore de mets placés sur le sol.

Il leva sa coupe de vin et entonna un chant grivois. Lorsqu'il finit, un autre compère poursuivit le *skolion*...

***

L'aube émergeait des entrailles des Enfers, déposant un rose nacré sur les vagues ourlées d'écume de la mer Égée ; le vent glacé du nord exhalait sur le drapé houleux du dieu Pontos, pénétrait les terres arides de Sérifos et remontait les flancs du mont Troullos, afin de déverser ses larmes salées sur les terres pauvres du *Stérile*.

Danaé se releva et observa les alentours : un tapis de corps humains recouvrait le sol en tomettes de terre cuite. Des corps gavés par les orgies bacchanales, destinés à écumer les vaisseaux et les ports, de l'Attique jusqu'au Dédocanèse. Polydectès dormait sur le tapis persan dans les bras d'une prostituée. À quelques pas de là, la bergère s'éveilla, regarda autour d'elle et remarqua la princesse. Elle se leva, collecta quelques mets dans le lit de sa robe et s'enfuit, franchissant les compagnons d'aventure d'un pas léger.

Danaé sortit de la salle d'armes. Au ponant, les dernières lueurs célestes scintillaient. Des écharpes nuageuses filaient vers le sud, enveloppées d'une pourpre irradiante. Les ombres des rochers s'étiraient sur la baie, formant des chimères grotesques et inquiétantes, sorties du gouffre des Hadès. Elle s'approcha de la rambarde. En bas, le vaisseau stellaire Cétus s'immergeait encore dans l'ombre éphémère de la nuit. Danaé glissa quelques instants sa main sur le garde-corps puis poussa la porte donnant sur ses appartements. Elle savait que le temps jouait contre elle.

Car une seule obstination possédait Polydectès : que la dame d'Argos cède à ses avances !

Chroniques de Déméter :

"L'Odéon faisait salle comble ; ces "jeux funèbres" furent offerts à la commune par le défunt sénateur Mélampous, passionné de Dionysies et fervent admirateur de la grande poétesse Sappho. Chants, danses, mimes et pantomimes se succédèrent dans une ambiance bon enfant, où le peuple, et quelle que soit sa position sociale, s'évadait des tracas du quotidien par la grâce des Muses. Et malgré le départ du sénateur Mélampous vers les Champs-Élysées, une joyeuse ambiance régnait au sein de l'Odéon de la Nouvelle-Athènes. Par la grâce d'un généreux don financier, ce divertissement apportait au peuple ce qu'il y a de plus majestueux et d'enrichissant pour les fédérations helléniques : la Culture !

Et il m'était agréable, en ce jour, d'avoir pu me désaltérer à la fontaine Castalie, source féconde de l'inspiration poétique..."

Notes de Cléobule, maître d'éloquence à l'Université de la Nouvelle-Athènes, lors d'une fête funèbre en l'honneur du défunt sénateur Mélampous. Le quatrième jour de la troisième décade du mois de pyanepsion, durant la quatrième année de la 1725e olympiade.

6

Médousa

Deux olympiades plus tard :

Baigné par les dernières lueurs de la pleine lune Hellên, un navire de pêche quittait les quais du port de Livadi, son image hachurée par les barreaux du garde-corps métallique.

Amphissos tourna la tête vers le visage amaigri de sa maîtresse, ses petites mains boudinées accrochées sur les traverses de la balustrade. À la lueur du jour naissant, Danaé ne cessait d'observer un point fixe sur l'horizon. Vision chimérique de l'Argolide.

"Pleut-il en Argos ?", dit-elle sur un ton d'une platitude déconcertante.

Le nain effectua un rictus grotesque, entre le sourire et le caustique. Trois mois plus tôt, la vieille Charibe rejoignait les champs fertiles de l'Élysée, et Amphissos fut mis en devoir d'honorer un nouveau travail : être à la charge de sa nouvelle maîtresse. De longs cheveux grisonnants recouvraient ses joues, amaigries par l'âge et la claustration. Polydectès ne cessait d'exiger qu'elle teigne ses cheveux, dorénavant recouverts de reflets d'argent.

Une princesse ne change jamais la couleur de sa chevelure, répondait-elle en boucle au brigand.

En inclinant la tête vers la baie de Mégalo Livadi, elle remarqua deux mercenaires à la solde du pirate, cheminant le long du sentier côtier. Pourvus d'une carrure athlétique, les deux hommes marchaient sereinement, tout en discutant sur l'avenir de leur profession. En fond de scène, les vagues ourlées d'écume de la mer Égée se brisaient sur les rochers. Le ressac des déferlantes se disloquait sur les écueils, et occultait de temps à autre le dialogue des hommes de main, du célèbre brigand de Sérifos.

Un bruit de pas claquait sur les pavés de la terrasse, arrosée par les embruns et une pluie récente. Une jeune femme s'arrêta à quelques pas de Danaé. Le visage hautain et le port fier, elle avait rencontré Polydectès dans un lupanar d'Athènes. Depuis lors, elle ne l'avait plus jamais quitté. Tout en continuant de regarder les deux mercenaires passer, Danaé l'interpella :

– Que désirez-vous, Arsinoé ?

Armée d'une ferme assurance, la fille de joie rejoignit la princesse. Elle présenta un plateau contenant une coupelle d'eau, et deux capsules agitées par les oscillations du bras.

– Vos cachets, Madame. Vous savez que vous ne devez pas arrêter votre traitement sur un coup-de-tête. Déjà que cela affecte les ressources de la communauté…

– Voulez-vous me faire croire que Polydectès se procure légalement ces médicaments ? ironisa-t-elle.

– Vos soins ne sont pas à la portée de toutes les bourses ! Notre maître n'a pas écumé les pharmacopées de l'Attique ou de l'Argolide pour le simple plaisir de se les approprier… Il déplacerait des montagnes pour votre santé.

– Voulez-vous que je lui offre ma fleur ?

– Il ne tient qu'à vous de la lui offrir, mais je pense que quelques instants de tendresse suffiraient à le contenter.

Arsinoé interpella Amphissos :

– Laissez-nous ! nous avons certains points à éclaircir avec votre maîtresse.

Le regard empli d'animosité, le nain détala vers les corridors de la citadelle.

Les deux femmes s'observèrent en silence. Elles étaient si différentes, et en de nombreux points leur destin divergeait. Mais le seul lien qui les rapprochait, concernait la solitude. Et à bien des égards, cette réclusion, qu'elle soit sociale ou mentale, les menait vers une relation si forte qu'elles ne s'en tiendraient qu'à une joute oratoire, loin des fastes du palais et des lattes des maisons closes…

Arsinoé continua :

– Lors de votre venue, Polydectès m'a fait une confidence ; il avait l'intention de vous violer !

– Je m'en doute. Pourquoi n'a-t-il pas agi ?

– Du sexe ? il suffit qu'il lève un doigt pour contenter ses pulsions avec n'importe quelle pute des Cyclades. Non, il désire que vous cédiez… Et vous céderez… tôt ou tard !

Danaé se retourna une nouvelle fois. Le disque lunaire effleurait l'horizon, Hellên s'enfonçait dans les Hadès.

– J'ai offert mon hymen à mon Céleste époux. *Zeus Téléios* s'est penché sur mon destin, et m'a offert un enfant. Un demi-dieu !

La prostituée s'approcha de la princesse…

– Vous êtes folle.

– Où est mon fils ? demanda-t-elle, la voix éraillée par l'émotion.

– Il s'entraîne sur le cours de la palestre.

… et la quitta sous les complaintes d'un Éole fougueux, les yeux de la première dame d'Argos voilés par les larmes de l'amertume.

***

Polydectès pencha légèrement sa tête par la baie de la fenêtre : deux lutteurs s'affrontaient sur le sable humide du gymnase.

"Allez ! Persée. Montre-moi de quel bois tu es fait", s'exclama le formateur Anthée.

Dans une révolution lente et mesurée, les deux hommes se scrutaient et attendaient l'instant crucial, où l'un des protagonistes de cette joute martiale passe à l'offensive. Le pédotribe[28] intensifia la pression, il lança des feintes afin que l'athlète entame le combat. Soudain Persée se jeta sur le corps huilé de son professeur et le ceintura ; accroché comme une étoile de mer à sa palourde, Persée enserra fermement la taille de son adversaire. Anthée trouva une parade et expédia le jeune athlète à quelques pas de là. Persée revint à l'attaque, empoigna l'avant-bras gauche du célèbre lutteur des Cyclades, saisit sur le vif l'autre bras et bascula tout son corps sur le côté afin de le renverser. En quelques gouttes de clepsydre, les deux hommes virevoltèrent dans les airs. D'une agilité et d'une puissance impressionnante, Anthée pivota sur lui-même, envoya son jeune élève sur le tapis de sable fin, et plaqua de tout son poids le corps de Persée, étalé de tout son long sur le sable humide. Une partie du visage ensablé, l'élève émit un râle de douleur.

"Me prends-tu pour un amateur ?", ironisa Anthée. Ses lèvres effleuraient l'oreille du vaincu.

Anthée tendit la main vers son élève, et l'aida à se relever. Danaé apparut sur l'instant, elle leva la tête et remarqua Polydectès, le visage d'une austérité déconcertante, puis elle rejoignit les deux athlètes, appareillés de leur antique pot à eau, en train de retirer le sable de leur corps de gymnaste.

"J'ai des projets pour notre poulain", annonça Polydectès à Lyrcos — son bras droit —, tout en retournant vers sa table de travail.

– Des chimères ! s'exclama Lyrcos. As-tu oublié son lignage ? Je ne vois rien de bon, sortir de cet homme, si ce n'est qu'un avenir néfaste se profile à l'horizon. Pourquoi t'efforces-tu de perdre ton temps et ton argent pour un aristocrate ?

– Je fonde de grands espoirs sur son avenir. Après la lutte, Anthée le formera au Pancrace, dit-il tout en s'asseyant lourdement.

Lyrcos se dirigea vers la baie et ouvrit les fenêtres ; sur le sol de la palestre, Danaé et Persée se tenaient les mains, tout en plongeant leur regard dans un amour matriarcal dévorant.   – Il faudrait mettre un terme à son complexe d'Œdipe, dit-il en regardant le fils et la mère. Quelle décision as-tu arrêté pour la mère ?

Armé d'un stylo-plume en corps d'ébène, Polydectès griffonna quelques mots, puis releva la tête.

– Je la laisse réfléchir encore six mois. Passé ce délai, elle sera ma femme, avec ou sans son consentement…

Lyrcos effectua une grimace de déception, puis referma les fenêtres.

Tous les six mois il dit toujours ça, pensa-t-il.

– Je ne te comprends plus, Polydectès. Cette femme est en train de te dévorer, et tu ne t'en aperçois même pas.

Polydectès faillit se mettre en colère, puis se ravisa. Il n'était pas d'humeur grincheuse, et préférait que son second lui vienne en aide, afin de clore un marché juteux avec les Athéniens.

Il se releva et se dirigea vers la façade nord du bureau, illuminée par un immense mur d'images : la carte graphique de l'empire des Hellènes s'y déroulait en gros plan, entourée par des fenêtres et des cadres détaillant leurs contenus, allant des cours boursiers des principaux sanctuaires religieux, aux nombreuses cartes des exploitations des ressources naturelles, tels que l'or, le diamant ou l'élevage du ver à soie…

– Tous les matins, je regarde ce mur, Lyrcos, et je vois combien les Muses se sont penchées sur mon destin. C'est à la force du poignet, et doté d'une ferme conviction que je suis arrivé à posséder la moitié des Cyclades, affirme-t-il en caressant la carte de la mer Égée. Il pointa un doigt sur Athènes. Tu vois ce petit point, Lyrcos ? eh bien un jour, Athènes déroulera le tapis rouge pour moi !

Il glissa ensuite son doigt vers le nord-est de la mer Égée, le doigt illuminé par la vidéo.

– Je suis fatigué de cette passivité imposée par la ligue athénienne. J'ai soif d'aventures… L'appel du large se fait sentir, et, j'aspire à découvrir de nouvelles frontières. Là, en Troade, afin d'écumer Troie, Abidos, Kallipolis… traverser l'Hellespont pour aboutir enfin en Propontide, et poursuivre jusqu'au Pont-Euxin… Des semaines, des mois de traversées, des années à dévoiler d'autres horizons… de nouvelles terres… de nouveaux marchés s'ouvrent à ma bourse…

Il marqua une pause, immergé dans son rêve d'évasion et d'invasion.

– Je ne vais tout de même pas me rabaisser à attendre le bon vouloir de quelques nantis à l'abri du besoin, protégés par une juridiction émanant des bureaucrates… par des faibles n'ayant jamais connu la soif, la faim, et la peur…

Lyrcos resta sans voix. Il observait son maître décliner avec l'âge.
Il pense encore avoir vingt ans !
— Qui te suivra ? Le monde a changé depuis nos premiers coups de rames. Sparte a rompu ses alliances avec l'Argolide, et les Perses ont annexé la Thrace et la Macédoine. Athènes est au bord d'un gouffre financier : les approvisionnements céréaliers lui font défaut. Le peuple crie misère…
— Argh ! Ça suffit ! brailla-t-il, tout en frappant du poing le mur d'images.
Il retourna vers sa table, la mine acariâtre et le cœur affligé. Polydectès reprit son stylo-plume et se remit au travail, écartant de son champ de vision l'image de son acolyte, planté devant lui comme une effigie des Hadès. Au moment où Lyrcos sortit du cabinet de travail, Polydectès l'interpella :
— Et pour en revenir de ce maternalisme, crois-moi que le jeune Persée n'aura bientôt plus le temps de téter les seins de sa mère ! dit-il tout en plongeant son regard sur ses contrats commerciaux avec l'Attique.
Dès que Lyrcos referma la porte derrière lui, Polydectès releva la tête. Le visage austère, il souleva la chimère en marbre rose posée sur la table puis caressa le corps de la créature mythologique, à la forme de cheval et surmonté d'une tête de coq ; le fabuleux *Hyppalectryon* avait bien des analogies avec le vieil écumeur des Cyclades : il reflétait la complexité caractérielle de sa personne…

***

Six mois plus tard :
Sur le sable de la palestre, une dizaine d'hommes bordaient un *gallodrome* érigé à la hâte. Face à la performance de son valeureux combattant, le Rhodien esquissa un sourire narquois : son coq venait de blesser sérieusement le gallinacé du concurrent. Persée fit grise mine, en voyant l'état déplorable de son protégé : suite à une sérieuse blessure à la patte, l'oiseau claudiquait. De surcroît l'animal y laissa des plumes, et exposait une aile dégarnie devant les spectateurs, excités comme des gamins. Certains éclataient de joie, prélude à une belle rentabilité des

mises pour les gagnants. La durée de ce deuxième combat ne présageait rien de bon pour le jeune Persée : il avait demandé à l'écourter, suite à l'état déplorable de son combattant.

Hécato s'approcha de son ami et posa une main sur son épaule.

– Hier soir, le Rhodien a bourré d'ail les entrailles de son champion, lui susurra-t-il à l'oreille.

Persée redressa l'éperon d'airain, caressa la crête de l'animal et resta indécis sur la suite des événements à tenir, sachant que son pauvre coq avait peu d'espoir de vaincre un champion, issu de l'île de Rhodes.

– Le sablier arrive à terme, l'arbitre ne va pas tarder à se manifester, continua Hécato. Il faut que tu prennes vite une décision…

– Si je mets un terme au combat, je risque de perdre Thémistocle, et devoir verser une forte rétribution au Rhodien pour cause d'abandon…

– Thémistocle ! Thémistocle ! Quel drôle de nom pour un coq de combat. De toute façon, je ne vois pas ton champion gagner cette compétition. Les Rhodiens ont l'art et la manière pour entraîner des coqs de combat et des cailles…

Le maître de cérémonie annonça la troisième reprise ; Persée lâcha son coq dans l'arène. Le temps de quelques gouttes de clepsydre, les deux oiseaux écartèrent leurs ailes et se posèrent brutalement sur le sable de la palestre ; une poussière ocre s'éleva dans les airs, enveloppant d'un halo de poussière les deux volatiles. Les oiseaux se donnèrent des coups de bec et, de concert, agitèrent leurs ailes afin d'impressionner le rival. Les plumes se frottaient, s'emmêlaient au cœur du combat, dont le sort allait se conclure en quelques instants. Les animaux se posèrent un moment puis relancèrent leur assaut. Le coq du Rhodien s'éleva dans les airs et présenta ses ergots d'airain. Ses pattes fendirent l'air et s'accrochèrent au cou du malheureux concurrent ; en une fraction de clepsydre, l'animal mit un terme à la vie de son rival, le cou sectionné par les lames acérées de ses éperons d'airain… Le sang gicla, et diffusa son aura écarlate sur le tapis d'ocre brun de la palestre… Le coq de Persée passa de vie à trépas !

L'œil étincelant et le sourire rayonnant, le Rhodien reprit dans ses bras son intrépide combattant, pendant que Persée récupéra son coq, le cou brisé par la fureur du combat. Le vainqueur caressa son champion, l'animal coincé entre sa main et une poitrine velue parée d'un collier de coquillages. Fier comme un coq, il s'approcha vers le malheureux prince d'Argos, le regard figé sur le cadavre du volatile.

— J'ai suivi la préparation de ton champion. Tu as fait des erreurs de novice, tant sur l'entraînement, les soins à prodiguer, que sur son alimentation…

Hécato rejoignit Persée, les mains plongées dans le plumage ensanglanté du gallinacé, et s'adressa au Rhodien sur un ton arrogant :

— Garde ton verbiage pour les *Épiscaphies*, lors de la fête des barques. On se fera un malin plaisir de venir sur Rhodes y secouer ton esquif, et voir si ton audace est aussi ardente que ta verve lorsqu'il coulera !

Le Rhodien lui renvoya un regard méchant, récupéra ses profits et sortit du gymnase. À cet instant, Polydectès apparut, accompagné de l'éducateur Anthée, le pas pressé et l'humeur maussade. Les rayons ardents de Phébus vinrent se déposer sur son crâne dégarni, puis la couverture nuageuse calfeutra l'échancrure des nuées ; une ombre immense enveloppa le maître de Sérifos.

— Tu vas sur-le-champ rejoindre la salle de la palestre et te remettre à l'entraînement ! lui dit-il froidement. Et balance-moi ce coq dans un trou, tu as des impératifs plus importants que de parier sur un vulgaire gallinacé…

Pendant que Persée rejoignit le gymnase, Polydectès toucha deux mots à son instructeur :

— Penses-tu que je pourrais faire de lui un deuxième Théagène de Thasos[28] ?

Anthée fit la moue, et ne voulait pas décevoir le maître de Sérifos.

— Il manque de maturité, de concentration et de volonté. Pour l'affermir, il n'y a qu'un seul moyen à employer, la force ! Avec tout le respect que je te dois, Polydectès, cet enfant est loin de devenir l'avatar du grand lutteur Théagène.

Polydectès laissa planer un lourd silence puis reprit sa rhétorique acerbe qu'il affectionnait tant.

— Je te donne suffisamment de statères pour avoir le loisir de voir le concurrent de mon poulain s'affaisser sur le sable de la palestre ! Je te donne trois mois pour le dresser et le rendre apte à rivaliser avec les plus grands compétiteurs de Pancrace de la mer Égée. J'ai misé mes dernières oboles sur sa destinée, je n'ai pas le temps pour m'appesantir sur les faiblesses d'un jeune homme, couvé par une mère capricieuse.

Après avoir entendu les directives tranchantes de son seigneur, Anthée prit le chemin du gymnase…

Agôn, le dieu des lutteurs, avait bien des efforts à fournir, afin d'offrir au seigneur de Sérifos les victoires sportives tant attendues.

***

Le gymnase faisait salle comble : des cris, des acclamations et des jurons stridulants envahissaient l'hémicycle sportif voué à la lutte et au pugilat. Le public s'en donnait à cœur joie, devant le spectacle martial dédié au "noble art". Au centre de l'aire de combat éclairée par des faisceaux de poursuite, deux athlètes, couchés à même le sable fin de la palestre, entrelaçaient leurs membres et en formaient des clés afin de bloquer l'adversaire et le contraindre à l'abandon.

Le corps recouvert de terre et le visage tuméfié, Moschus de Paros finit par immobiliser son concurrent. Lorsqu'il le bloqua au niveau de la carotide, le jeune homme se rendit à l'évidence qu'il n'avait plus d'autre choix que de lever un doigt, afin d'admettre sa défaite…

Moschus avait encore remporté la victoire ! Le public se leva et l'ovationna. Les applaudissements se répercutèrent au-dessus des gradins de l'Agôn. Les jeunes de l'île de Paros étaient en liesse, certains n'hésitaient pas à dresser leur billet au-dessus de leur tête, afin de montrer qu'ils avaient fait une bonne affaire.

"Il va bientôt surpasser le grand pancratiaste Polydamas de Skotoussa", lança un fervent admirateur à son ami.

– J'en doute, j'ai compté pas moins de trois fautes sur le pugilat et une sur la lutte, riposta son voisin. S'il continue comme ça, je le vois mal finir la saison…

Les faisceaux de poursuite s'écartèrent de l'arène et le public attendit le prochain combat. Des hommes descendirent de l'hémicycle, afin de profiter d'un instant de répit pour aller se désaltérer. Au centre de la toiture, une ouverture offrait une vue majestueuse sur une parcelle du Léthé. Les dards de la galaxie scintillaient sur le velours céleste, pendant qu'un vent léger pénétrait l'enceinte de la palestre, offrant sa divine fraîcheur aux récalcitrants spectateurs, placés sur des gradins inconfortables ; durant un court instant, un silence pesant annexa le gymnase, car les spectateurs attendaient la venue imminente du maître de Sérifos.

Tout à coup des gardes surgirent dans le bastion de l'Agôn, suivi de Polydectès, accompagné de Danaé, du nain Amphissos, de l'entraîneur Anthée et de Lyrcos. À la vue de leur seigneur, le public se leva dans un silence sépulcral. Polydectès retrouva sa place, protégé par ses gardes du corps installés un gradin plus haut. La mine sévère, Danaé s'assit à ses côtés, vêtue d'une robe d'un noir d'onyx, parée d'éclats de diamants, étincelants comme le fleuve céleste du Léthé. Une lumière importune révélait un visage devenu graveleux avec le temps ; elle avait pris du poids. Des cheveux grisonnants retombaient en boucles sur ses tempes, et un ruban rouge festonné en ceignait sa coiffure. Elle enrageait, à devoir regarder une attraction sportive, bien loin des mondanités de palais ; de la lutte, du Pancrace, du combat au corps à corps… Rien de vraiment majestueux ! et que dire de son fils, devenu pugiliste par la folie d'un homme. Quel avenir l'attend ? Elle tourna la tête vers le souverain de ce royaume fantoche. Son profil repoussant se découpait sur un contre-jour jaunâtre et son nez busqué, dont le relief déplaisant profilait le sol aride de Sérifos. Un apathique bovidé reclus dans son indolente forteresse peuplée de pirates, d'égorgeurs et de prostituées. D'un mouvement de tête lent et puissant, dont le regard sombre dévorait la lumière, il se tourna vers Danaé. Un trou noir avide de conquêtes, qu'elles soient financières, diplomatiques ou sexuelles… Il sourit. Un sourire glacial à l'image de sa personne. Elle craignait de subir les assauts bestiaux de cet homme cruel. Qu'il passe à l'acte, qu'il la viole. *Depuis le temps, il aurait pu largement satisfaire ses pulsions…*

Danaé fut soudain troublée par des cris d'ovation : un lutteur pénétra dans l'arène ; le pancratiaste Moschus leva ses bras puissants vers ses adulateurs. Ses muscles saillaient sur un corps soumis à de rudes épreuves athlétiques. Un relief tortueux, les muscles noués par un entraînement intensif, loin des festivités dionysiaques du bourgeois athénien. Des cors, des cymbales et des chants accompagnaient l'entrée du célèbre lutteur de l'île de Paros. Puis un autre homme pénétra dans l'aire de combat. Elle le reconnut sur l'instant :

Persée ! Mon enfant ! elle eut des nausées. À la vue de son fils, son cœur s'emballa, proche de l'arythmie. Bouleversée, elle faillit se lever, courir vers l'arène pour rejoindre la chair de sa chair. Proche de la folie, elle sortit un carré de soie et le tamponna sur son front en sueur. Mains tremblantes, elle remit de l'ordre dans sa chevelure, et reprit le contrôle de son esprit. Un air glacial l'entoura, un vent sortit des profondeurs du Tartare. Encore chancelante, elle tourna la tête empreinte d'une fine pellicule de sueur vers le roi fantoche.

"Oui, Danaé, c'est bien votre fils poussant ses pas vers le parterre de l'Agôn !", et la renvoya vers sa dérobade chimérique...

Au centre de l'arène, les deux athlètes, caparaçonnés d'un casque de protection, se positionnaient, la plante des pieds ancrée sur le sable gris de la palestre. Vêtu d'une tunique pourpre, l'arbitre demanda aux deux combattants de se rapprocher ; tels des tigres du Bengale, ils s'affrontèrent du regard. Leurs yeux ne cillaient point, et leurs langues bravaient le désir ardent de proférer à l'encontre de l'adversaire des noms d'oiseaux.

"Je vous préviens, mes gaillards, si l'un de vous deux ne respecte pas les règles du combat, je me ferai un plaisir de lui faire tâter de ma baguette de férule ! ...", décocha avec virulence le juge *hellanodike*.

Sous les exclamations du public et l'acoustique impérieuse des instruments de musique, le combat débuta :

Les faisceaux de poursuite accompagnaient les lutteurs dans leur danse martiale. Le regard rivé sur son adversaire, Persée sentit les pulsations cardiaques affluer dans ses tempes. Il s'approcha de Moschus, dont l'haleine exhalait les relents de son dernier repas. D'emblée, Moschus lança son assaut en décochant une droite aussi puissante que l'ardeur d'un taureau. Comme un navire tanguant sous la puissance de la houle, Persée vacilla, et recula, abasourdi par la force herculéenne de son adversaire. Des exultations parcouraient les gradins. Mais sur les banquettes d'en face, l'entraîneur Anthée fit grise mine, et remuait sa tête de gauche et de droite, signe de fatalisme.

C'est mal parti ! se dit-il d'un ton morose.

Persée se redressa et, garde haute, se remit en position de combat. Il s'approcha de son adversaire et lança sa jambe droite sur la cuisse de Moschus, et d'un élan rapide décocha une droite puis une gauche sur son visage. Le lutteur chancela, puis reprit le combat en envoyant un crochet que Persée réussit à esquiver. Accrochés l'un à l'autre, les deux combattants tourbillonnèrent au centre de l'arène. Soudain Persée renversa son rival et lui fit une clé. Soumis par la technique d'immobilisation, Moschus tenta une feinte, mais sous la tension musculaire du prince d'Argos, il admit sa défaite. Le lutteur de Paros dressa un bras, mettant ainsi fin au combat. La compétition n'avait duré que le temps d'une seule reprise !

Suite à l'exploit sportif de son fils, Danaé sourit et tourna son visage radieux vers le maître de Sérifos. Dans ses mains, dont les articulations blanchirent durant l'exhibition martiale, le carré de soie n'était plus qu'une masse informe, pressée comme un fruit dépouillé de toute substance nutritive. Elle relâcha la pression ; son corps sembla se liquéfier et glisser sur le banc inconfortable du stadium.

En l'attente du prochain tournoi, une douzaine d'éphèbes prit d'assaut l'enceinte de l'Agôn. Dotées d'une taille de guêpe et d'un corps svelte, elles papillonnèrent sous l'illustre voûte de la palestre, accompagnées par le rythme des cuivres, de l'aulos et de la cithare. Les danseuses tourbillonnèrent dans leurs robes vaporeuses ; les talons hissés vers le ciel, leurs pas dessinaient d'éphémères lacis sur le sable brun, tout aussi vite effacés par d'autres entrelacs aux formes évanescentes. Soumises à la force de gravité, les robes diaphanes dévoilaient des jambes élancées, dont le teint laiteux affolait les vieux boucs de Sérifos, la bouche écumeuse et les yeux rivés sur les corps graciles. Les jeunes filles s'élançaient de la périphérie vers le centre de la piste, leurs bras chorégraphiaient des ballets aériens, puis elles refluaient vers le bord de l'hémicycle, le regard pétillant et la bouche gonflée par la mûre écrasée, déposée délicatement sur les lèvres pulpeuses.

Au terme de ce ballet de muses, les belles déployèrent leurs bras délicats et formèrent une éblouissante corolle vivante ; une finale applaudie chaudement par un public enthousiaste. Les ravissantes nymphes disparurent de l'arène qui fut aussitôt soumise au bon soin de quelques éphèbes, habitués à rendre le tapis de sable fin aussi lisse qu'un foulard en soie.

Soudain le son vibrant du tambourin se déploya dans l'enceinte, apportant ses notes graves et solennelles, suivi par le timbre strident des cymbales, des crotales et de la merveilleuse syrinx. La mélodie allait crescendo, offrant un climat ténébreux et imposant.

Une lutteuse pénétra dans l'arène, suivie par le juge *hellanodique* ; grande, svelte et d'une prestance athlétique. Les seins fermes, soutenus par une brassière, et les cheveux ramenés en arrière et attachés en chignon, elle en imposait. Elle fit le tour de l'hémicycle, s'immobilisa devant le maître de Sérifos et le salua en levant le bras droit.

"Salut à toi, Polydectès."

– Salut à toi, Médousa.

Sous le regard ébahi de Danaé, Polydectès se leva puis s'adressa à la populace.

"Vous êtes-vous demandés pourquoi la déesse Athéna est tant vénérée par les Athéniens ? Avez-vous déjà visité Athènes et profité du cadre magistral du Parthénon ? Au sein de cet écrin de marbre et de tuf demeure la plus belle représentation de la déesse casquée. Imposante, flamboyante, une œuvre magistrale à la gloire de la déesse de la guerre et de la stratégie. Armée de la lance, de l'égide et du bouclier, Athéna impressionne le visiteur. Le visage austère et le regard froid, elle vous emplit d'humilité par la force qu'elle dégage..."

Tout en parlant, Polydectès se tourna ensuite vers la sportive. "... J'en ai passé du temps avant de trouver la perle rare du *Pangration Athlima* ; j'en ai parcouru des stades, tant sur mer que sur les routes menant aux grandes écoles de Pancrace, avant de découvrir ma déesse du combat, celle qui va aujourd'hui combattre devant vous... Peuple de Sérifos ! Je vous présente la perle du Pangration... La lionne de Thessalie : Médousa !" Une ovation déferla au-dessus des gradins, enveloppant les sons magiques des instruments de musique.

Les feux de poursuite se dirigèrent vers Médousa qui, tout en pivotant sur elle, simulait un combat contre un invisible adversaire. La salle chauffée à blanc par le discours du potentat, ovationna la *pancratiaste*. Suite à cette ferveur, Médousa dressa les poings vers la voûte de l'Agôn puis se dirigea vers le centre de l'arène, les muscles saillants, hypertrophiés par l'entraînement intensif aux sacs de frappes. Ensuite les spectateurs retournèrent à leur calme apparent, aux palabres fécondes.

Un lutteur pénétra dans l'enceinte ; émergeant d'un clair-obscur, Persée foula le sable de la palestre. Lorsqu'il découvrit la plastique féminine de son adversaire, il se retourna, dégrafa la jugulaire de son casque, se rapprocha des gradins et jeta la calotte sur la bordure de l'arène.

– Seigneur Polydectès ! Est-ce donc une plaisanterie ? explosa le prince d'Argos, en dirigeant un doigt accusateur vers la cause de cet affront public.

Médousa resta de marbre ; juste un demi-sourire moqueur, dessiné sur un visage agressé par de nombreux combats. Malgré son faciès disgracieux, ses yeux d'un bleu d'azur dégageaient un irrésistible attrait. Un regard profond, séduisant et hypnotisant

– Me prenez-vous pour un bouffon, le digne avatar du dieu satirique Momos[29] ? continua-t-il sur un ton hargneux.

Le teint empourpré par la colère, Polydectès se dressa sur ses ergots.

– Je ne te permets pas de me parler sur ce ton, lança-t-il d'une voix grondante. Tu n'es qu'un jeune coq arrogant, imbu de ta personne. Au sein de cette île, j'ai le droit de vie et de mort sur toute âme y résidant. Je te somme de reprendre ta calotte et de te préparer pour ton prochain combat ! Vous devrez lutter jusqu'à ce que mort s'en suive ; un seul pancratiaste sortira vivant de cette arène !...

Un silence oppressant tomba sur la palestre, puis des chuchotements survinrent, gonflant et parcourant les gradins. D'une voix aiguë empreinte d'émotion, et les yeux exorbités par cette semonce insoutenable, Danaé se leva, se tourna en direction de Polydectès et brisa le climat délétère.

– Êtes-vous devenus fou ? Vous envoyez mon fils vers les Champs-Élysées…

Comme une approbation des dieux, l'écho se répercuta sous le dôme de l'Agôn. Les deux jambes ballantes et l'esprit perturbé par l'atmosphère pesante du lieu, le nain Amphissos lorgnait sa maîtresse du coin de l'œil.

Le cœur en arythmie et le souffle court, Polydectès se releva et gifla la princesse d'Argos. Elle se rassit sur-le-champ.

– Madame ! Vous devriez vous mettre à genoux devant moi pour vous avoir arraché des griffes de Thanatos.

L'esprit enflammé et le regard noir, Persée sauta par-dessus la bordure des gradins et gravit les marches à toute allure. Les agents de sécurité dégainèrent aussitôt leurs armes et les pointèrent vers le dissident.

"Ne tirez pas !", hurla Polydectès. Il se retourna et ordonna aux gardes du corps d'user de moyens moins expéditifs pour arrêter le récalcitrant. Les deux agents raccrochèrent leurs armes et descendirent à la rencontre du jeune rebelle. Quelques marches plus bas, des spectateurs paniquèrent et se blottirent contre les dossiers des sièges, tandis que d'autres quittèrent précipitamment leur place ou se couchèrent à même les gradins, dans un chaos indescriptible. Persée longea une rangée, heurta plusieurs personnes dans la précipitation et grimpa vers l'agent de sa révolte. Il ne lui restait plus qu'une rangée à atteindre avant d'arriver à ses fins, lorsqu'il affronta les deux colosses de Polydectès. Par leur carrure et leur position avantagées, les hommes avaient largement la situation en main. Le choc fut terrible : le premier agent écarta un spectateur encombrant puis balança violemment une droite à Persée. Le prince d'Argos esquiva le choc et lui envoya une gauche dans l'estomac. Sous la douleur, l'homme se recourba ; Persée en profita pour l'agripper et l'expédia quelques gradins plus bas. Il réussit à progresser et remonta d'un gradin, mais le deuxième garde décocha un coup de poing remontant. Persée s'affala brusquement entre deux rangées de sièges. Il se redressa, l'esprit vaseux. Le garde l'empoigna par le col de la veste et le dirigea vers son maître. Sous le regard arrogant du monarque de Sérifos, sa vision redevint claire. Sur la droite, le visage d'albâtre de Danaé reflétait la frayeur et l'angoisse.

Le regard d'un félin, Polydectès se pencha vers lui : "Persée, j'ai risqué toute ma fortune pour que tu puisses en ce jour affronter la plus grande pancratiaste des Hellènes. Je t'ai sauvé d'une sombre malédiction, émergeant d'un grand-père acariâtre et égocentrique, et en remerciement tu oses me défier…" Et lui donna un soufflet. Persée ne broncha pas, et regarda froidement le pirate de la mer Égée.

"Tu vas redescendre bien sagement vers l'arène, replacer ta calotte au-dessus de ta jeune petite gueule, et combattre Médousa ! C'est bien entendu ?"

Persée jeta un regard vers sa mère. Danaé inclina lentement sa tête, lui offrant un frêle sourire. Puis il dévisagea froidement Polydectès et redescendit lutter pour son destin.

Sur le sable du gymnase, Médousa attendait calmement son adversaire. Lorsque Persée se positionna au centre de l'Agôn, l'arbitre redressa ses bras et invita les deux compétiteurs à respecter le protocole du combat. Les lumières d'ambiance s'atténuèrent et laissèrent les feux de poursuite prendre le relais.

Sous la voûte de la palestre, la compétition du *Pangration Athlima* pouvait continuer...

***

Les genoux légèrement fléchis, Médousa se mit en garde ; prête au combat, elle serra les coudes et referma les poings contre sa tête. Et ses yeux ! des yeux d'un bleu turquoise. À la vue de ce regard si puissant, Persée sentit son souffle de vie jaillir de son corps et s'engloutir dans ce regard d'un bleu azuré...

Soudain il eut une secousse : Médousa venait de lui envoyer un direct du droit. Abasourdi, Persée tituba puis reprit sa position de combat. Toujours sur sa garde, elle sauta à petits pas ; le regard en furie de la "lionne de Thessalie" attisa chez Persée un léger dérèglement de la fréquence cardiaque, et provoqua un hérissement déconcertant de sa pilosité. Cette femme ne pouvait être que le drageon des divinités infernales des Érynies — les Hadès avaient dépêché leur esprit vengeur !

Il releva le défi, effectuant des crochets, des directs du gauche et du droit, et des coups de pied fouettés. D'une étonnante souplesse, elle esquivait chaque assaut et réussissait à bloquer tous les coups.

L'arbitre sonna la fin de la première reprise ; le prince d'Argos avait mal jaugé la puissance de Médousa !

Le temps de se rafraîchir et le combat reprit. Médousa esquissa un sourire glacial. À l'issue de cette expression faciale, elle dévoila son protège-dents ; une humiliation au jeune mâle, natif de la puissante Argolide. Aussitôt elle enchaîna des directs et des crochets, ne lui laissant aucun moment de répit. Son étonnante agilité troublait sa vigilance ; à l'orée des premiers gradins, les pieds de Persée s'enlisèrent dans une motte de sable humide : le service d'entretien avait noyé le tapis de sable de la palestre ! Le pas fébrile et le regard troublé, il remarqua trop tard le coup de poing remontant venant fracasser sa mâchoire... Il s'affala lourdement sur le tapis de sable spongieux, la mâchoire enflammée et la tête perdue dans les étoiles. Il se redressa. Des gouttes de sang perlèrent puis dévalèrent sur sa cuisse ; d'un geste maladroit, ses doigts effleurèrent le relief du menton : une éraflure lui entaillait le visage. Médousa s'esclaffa, dévoilant la teinte ivoire de son protège-dents. Le visage radieux, elle redressa ses poings et exécuta un simulacre de combat, qu'il prit pour un ultime affront.

Il se releva péniblement, le regard sombre toujours plongé dans les deux agates envoûtantes de son adversaire. Le pas claudiquant, il se rapprocha d'elle, et se remit en garde.

Les assauts reprirent : coup après coup, assaut après assaut, il encaissait les crochets, esquivait les phases d'attaque et ripostait aux nombreuses offensives de Médousa.

Anthée observait son poulain... perdre peu à peu du terrain sur la terrible Médousa ; il craignait pour sa vie. Il le savait, elle ne lui laisserait aucun espoir s'il perdait. Elle l'achèverait, rompant le fil de sa vie en portant l'*ultime* coup de poing, l'assaut final le plus puissant du combat ! Persée déployait toutes les potentialités issues de son enseignement pancratiaste, puisait toute son énergie au fond de lui-même, allant jusqu'à invoquer la déesse Athéna, entre deux frappes tactiques... La Moire Atropos, divinité du destin, allait-elle couper le fil de sa vie ? offrant son âme désinvolte à l'obscur Thanatos. La *lionne de Thessalie* portait coup sur coup, accélérant son offensive, amplifiant ses enchaînements. D'où détenait-elle cette force hors du commun ? Le combat prit ensuite une autre forme, lorsqu'elle fit tomber Persée sur le sol ocre de la palestre. Les clés, les positions de blocage, les esquives se succédaient ; l'art du Pancrace offrait ses plus belles phases aux spectateurs de Sérifos...

C'en était trop ! Éprouvée par ce spectacle affligeant, Danaé se leva subitement du banc, arracha ses pendants d'oreilles et les jeta aux pieds du maître de Sérifos, frôla l'impressionnante stature du garde du corps et partit rejoindre ses appartements.

Lyrcos regarda la princesse d'Argos partir en furie, pendant que Polydectès continuait de profiter du spectacle sans avoir même jeté un regard sur Danaé.

— Tu ne dis rien ?! Si tu lui offres le privilège de partir sans ton consentement, alors sois persuadé qu'elle te mettra des "bâtons dans les roues" ! Regarde la *populace*, que va-t-elle penser ? le maître de Sérifos plie le torse devant la caste matriarcale, devant une femelle !

Polydectès le regarda, les yeux aussi sombres que le fleuve Érèbe.

— Qu'elle aille pleurer dans le giron de son amant, ce *Zeus* protéiforme, que nul mortel n'a eu l'aubaine d'apercevoir, au moins son aura...

Pendant ce temps, Persée réussit une clé de jambes, permettant de bloquer son adversaire au sol. Il espérait contraindre Médousa à céder, et l'emporter par "soumission", mais c'était sans compter sur l'extraordinaire dextérité de la reine des Cyclades, de sa fluidité, de son agilité que le prince d'Argos s'aperçut bien vite qu'il se trompait... Tel un serpent, elle réussit à glisser ses membres et à renverser la situation : elle se retrouva derrière Persée, l'enserra et commença à presser sur la carotide ; la fin du combat n'était qu'une question de temps !...

***

... Médousa accentua la pression sur la carotide ; le visage de Persée pâlissait à vue d'œil. Livide, la trachée écrasée par la compression, Persée commençait à suffoquer. Il essaya d'agripper les bras de Medousa, de former des clés, une parade au moins... mais elle détenait enfin une position de combat inattaquable, une soumission de contrôle parfaite — son heure de gloire arrivait à petits pas, allant *crescendo* au fur et à mesure que la pression s'accentuait sur le cou du vaincu. Quelques gouttes de clepsydre de plus et c'en était fini de ce combat. Des statères et des oboles amassées après d'âpres combats, se retourner vers ses pénates, achever sa demeure, érigée sur un promontoire du Péloponnèse, et ouvrir une école de lutte à Sparte, voilà une belle sortie triomphale, après tant de persévérances, de souffrance et une riche moisson sportive...

Polydectès se leva brusquement, figé comme une borne d'Hermès. Son poulain n'avait plus quelques gouttes de clepsydre à vivre, la bouche écumeuse et le regard vitreux. Il allait mourir, fauché par la serpe du terrible Thanatos, le serviteur d'Hadès. Il avait tant misé sur Persée. Il s'était trompé sur Médousa, croyant les balivernes de quelques mécènes corrompus. Le pirate jeta un regard maussade vers l'éducateur Anthée ; *il paiera pour son incompétence, il paiera pour la perte de quelques milliers de statères d'or misés sur la tête du jeune d'Argos... Il paiera pour avoir sous-estimé la "lionne de Thessalie"...*

Un râle s'échappa des lèvres de Persée, le râle de l'agonie !
Père, je me remets entre Tes mains !

Un "Bang !" ébranla le combat : Médousa s'affala sur le sol de la Palestre, un filet de sang s'écoula de son front, puis entacha son col avant de se répandre sur le sable ocre, diffusant une tache purpurine s'élargissant rapidement sous le filet sanguinolent...

"Que personne ne bouge !" imposa un homme, d'une voix virulente.

Au-dessus des premiers gradins, Hécato dominait la situation, une arme lourde dans ses mains, le canon encore fumant ; la crosse fermement agrippée et d'un calme olympien, il regardait les spectateurs en pivotant sa tête lentement, d'un bord à l'autre de l'hémicycle, puis se tourna vers le maître de Sérifos, dont les deux gardes du corps hésitaient à intervenir, les mains dirigées vers leur tunique.

– À ta place, j'éviterais d'intervenir ! dit-il à celui qui se tenait à côté de Polydectès.

À quelques pas de là, Céryx et Épiméthée ceinturaient l'arène du gymnase, un fusil d'assaut entre les mains.

Pendant que Polydectès se leva, le regard embrasé par la colère, la dame d'Argos surgit dans l'ère de combat, et se hâta pour retrouver son fils, allongé dans un état semi-comateux. Trois autres personnes pénétrèrent à sa suite, deux hommes et une femme d'une trentaine d'années. Pendant qu'ils aidèrent Persée à le relever, la jeune femme, l'air déterminé, pointait le fusil en direction des gradins. Ils le soulevèrent puis commencèrent à refluer vers la sortie.

– Vous n'irez pas loin ! s'exclama Polydectès. Je vous garantis que vous aurez tous mes gars à vos trousses... Où que vous alliez je vous retrouverai !

– Polydectès ! souverain d'une nation fantoche, s'exclama Hécato. On n'arrive plus à mesurer l'ampleur de ton ego, tellement tu arrives à tes fins en prenant en otage un peuple opprimé par la misère et la corruption...

Polydectès ruminait son désarroi en pressant le dossier de son fauteuil, fouillant l'antre de son mental, à la recherche d'une issue, d'une parade lui offrant les prémices d'une opération stratégique. Bousculer, basculer cette déconfiture en victoire finale. Quitte à laisser des morts sur la route…

Durant leur sortie, Hécato, Céryx et Épiméthée protégeaient leurs arrières. Personne ne bougeait, un silence sépulcral dominait l'enceinte de la Palestre. Supporté par les deux frères Éaque et Amyntas, Persée commençait à retrouver ses raisons. Ils se retrouvèrent dehors et prirent rapidement une fourgonnette stationnée tout près de l'entrée du gymnase. Les huit personnes grimpèrent rapidement dans le véhicule qui débcula sur la voie rapide menant au tarmac de Sérifos.

– Où allons-nous ? demanda Persée, la voix encore chancelante.

– Ne t'inquiète pas Persée, la maison d'Argos dispose de nombreux domaines, essaimés au sein de l'empire hellénique, expliqua Danaé.

Arrivé sur la piste, le véhicule se dirigea vers la piste de décollage où un dromone grisâtre stationnait. Sur le flanc de la nef, le nom *Kibisis* s'y déployait dans une couleur de blanc nacré. Motorisation en route, le vaisseau au fuselage aérodynamique dégageait ses odeurs revêches des propulseurs en action. Ils sortirent précipitamment du véhicule de transport de troupe, et pendant que Hécato et ses deux comparses surveillaient le terrain, tout le petit monde gravit la rampe de la nef. Des techniciens observaient tranquillement l'embarquement, n'opposant aucune résistance à ce groupe réactionnaire, destiné à battre le large au plus vite. À l'intérieur, la vétusté des matériaux signalait que l'appareil n'était pas de toute première jeunesse. Cinq rangées de fauteuils au cuir fatigué s'y étalaient, rapidement occupées par tout ce petit monde. Hécato rejoignit l'aurige, et se prépara au décollage. Ils se harnachèrent, pendant que le pilote Antinous commençait les manœuvres d'envol.

Les haut-parleurs de la tour de contrôle invectivaient le pilote à se mettre en conformité, et qu'il n'avait pas reçu d'autorisation de vol. Sous les bruits assourdissants de la poussée des réacteurs, la navette étouffa les appels du contrôleur aérien et s'arracha du tarmac, devant l'œil argentin de la lune Hellên, parée des gemmes scintillantes du Léthé… Durant la phase d'envol, une cohorte milicienne débarqua trop tard sur la piste : le vaisseau *Kibisis* poussait ses réacteurs à fond de manette, n'étant plus qu'une simple écharde noyée dans la galaxie du Léthé…

Chroniques de Déméter :
Sous l'effet des opiacés, les visions d'Arsinoé se peuplaient d'un monde chimérique : les Ombres s'élançaient à l'assaut du royaume de lumière, étirant, modifiant les trois dimensions pour en former une structure mouvante issue du sombre serpent Python. La belle frissonna sous l'effet des drogues, relents âcres du pavot au goût plaisant de noisette, virulence des rêves où demeurent les Ombres des défunts, odes et litanies à Hécate et autres déesses des Hadès... Arsinoé pleurait son enfant, trop tôt parti pour les Champs-Élysées. N'est-ce pas ce dieu vêtu de plants de vigne qu'y l'attendait en ce bas monde ? Dans les enfers, Dionysos s'ornait de fleurs d'un rouge coquelicot. Un rouge qui se délavait sous les pleurs d'une maman en deuil. Le temps n'efface pas la douleur d'une mère, Chronos égouttait ses gouttes de clepsydre ; d'eaux elles se muaient en larme de cruor, répandant leur source cristalline en une mer déchaînée de tourments, aux teintes d'un pourpre sanguin et de rose chagrin...
Douces pensées pour Daphné, enfant mort-né, le bébé d'une grande amie. Calligraphiées sur le journal intime de Cléobule, maître d'éloquence à l'Université de la Nouvelle-Athènes, durant la deuxième décade du mois de hécatombéon, courant la seconde année de la 1725ème olympiade.

7

Les visages brûlés

Le disque de la lune Hellên se rehaussait de rouge écarlate, face à un Hélios émergeant du rebord du Monde. La nef *Kibisis* avait enfin atteint son apogée, glissant au sein d'Éther, là où demeure le grand *Zeus Olumpios*. Les étoiles, aux teintes froides et aux éclats intenses, peuplaient le "monde-d'en-haut", figeant en de nombreuses constellations la parure veloutée de la galaxie du Léthé. Les moteurs pulsaient par à-coups le vaisseau fuselé, dont sa masse étincelait sous l'ardeur d'Hélios, et paradait devant le disque immense encore plongé dans la nuit de la planète des Hellènes, Déméter...

— Princesse Danaé, notre descente s'effectuera dans 29'et 35", lança Antinous.

— Quel temps fait-il en Éthiopide ? demanda Danaé, sa main dans la main de son fils, le visage du jeune lutteur encore blafard.

– Il fait beau et… très chaud. Suivant les prévisions de l'organisme météorologique de Méroé…
– En Éthiopide ? demanda Persée.
– Oui, mon fils. Le royaume de Koush a répondu à mon appel de détresse et nous invite à *demeure*. N'est-ce pas le plus bel exemple d'une grande et longue amitié ?!

Persée tourna la tête vers le visage rayonnant mais fatigué de la première dame d'Argos. De petites rides sillonnaient son visage, pourtant si parfait. Un derme opalescent soutenu par un voile d'un bleu turquoise resserrant un chignon, d'une finition à faire pâlir les plus grands coiffeurs d'Athènes.

– D'où détenez-vous cette navette ? continua Persée.
– J'en détiens le monopole, expliqua Danaé, il m'appartient. Certes ce véhicule n'est pas de première main, mais avec l'aide de Céryx et Épyméthée, et le gage de l'anneau royal, garant de ma position censitaire, je suis parvenue par des voies… délictueuses, à acquérir ce petit joyau…
– Mais comment avez-vous caché ce vaisseau ? Sérifos n'est pas bien grande.
– Il est arrivé par voie d'eau, en pièces détachées, un navire de pêche affrété par mes soins, répondit-elle joyeusement d'un timbre enthousiaste.
– Mère, pourquoi m'avez-vous caché vos interventions ? un brin d'amertume dans le regard.
– Pour vous protéger ! coupa Hécato.
– Toi aussi Hécato, tu étais dans la complicité…
– Ne lui en veux pas, mon fils, ta position de lutteur devenait préjudiciable pour ta sécurité ; il était urgent de te protéger en t'écartant de ce jeu de dupes.
– Et où avez-vous gardé et remonté le vaisseau ? demanda-t-il tout en observant des nappes de nuages se dissiper au-dessus des terres arides de l'Éthiopide.
– Tout l'assemblage s'est effectué dans une ancienne mine de cuivre, cachée par des bosquets et protégée par des amis complices. Cela a demandé six mois intensifs de travail acharné, pour remonter la bête…, signala Épyméthée.

Un laps de temps plus tard le vaisseau commençait sa descente vers les terres ocre du "Royaume d'Océan" : la cité de Koush…

***

Le terrain du tarmac crachait ses fumerolles de chaleur, empoussiéré par la dernière tempête de sable récente. La tour de contrôle n'avait rien de faramineux, comparée à celle d'Argos, mais elle avait le luxe d'exister, et peu de royaumes en ce bout du monde ne pouvaient se permettre d'en posséder une — mis à part celle d'Alexandrie, en Égypte.

Nous descendions du vaisseau qu'aussitôt les lueurs des phares d'un gros tout-terrain noir s'immergea dans leur champ de vision et parvint rapidement jusqu'à leurs pieds, dégageant une poussière ocre, retombant aussitôt sur les vêtements. Un homme jeune d'une vingtaine d'années, vêtu d'une tunique impeccable, se présenta et les invita à l'accompagner. Le nubien avait la peau d'ébène des gens de la contrée, les cheveux crépus et un caractère bien trempé. Assis confortablement dans le véhicule, ils étaient stupéfaits par la qualité du cuir de ses chaussures et du luxe qu'il dégageait.

— Je m'appelle Néchao, je serai votre émissaire pour tous les petits tracas de la vie quotidienne. N'hésitez pas à m'appeler, voici ma carte de visite avec mon numéro de téléphone et mes adresses électroniques, vous en aurez besoin… Ma sœur Amanitore est déjà présente dans vos nouveaux appartements, elle s'occupe de votre confort. Elle vous réservera un accueil chaleureux, je la connais, elle veut toujours en faire trop pour nos amis et les amis de nos amis. C'est ça la "Chaleur africaine" !

Danaé tendit la main à Néchao, et la pressa tendrement en signe d'affection :

— Votre peuple nous a ouvert sa maison et son cœur, Néchao, que pourrions-nous demander de plus, si ce n'est déjà fait…

Néchao forma un magnifique sourire, présentant une dentition parfaite, d'une blancheur de lait.

Durant le trajet le paysage défilait, dévoilant sa beauté sauvage africaine : de sombres pyramides nécropoles émergeaient leurs pointes du relief accidenté, dirigées vers les dernières étoiles éparses du ciel de l'Éthiopide. À la sortie d'un col, enclavé entre deux gigantesques dunes, un panorama époustouflant invitait les regards : la plaine du Nil déployait son drapé verdoyant de cultures maraîchères et de blé aux épis dorés... Le fleuve sacré s'écoulait lentement, réfléchissant tel un immense miroir les éclats du dieu solaire. Le quatre-quatre filait droit, la chaussée longeant sans complexe les hectares de cultures céréalières. À une dizaine de stades de là, située sur la rive opposée, la ville de Méroé dévoilait sa virilité : ses tours de verre et d'acier s'élançaient vers un ciel devenant peu à peu d'un bleu céruléen — copiant leurs sœurs funéraires, les tours formaient d'immenses structures de verre pyramidales, pendant que d'autres, en forme de roseau, s'érigeaient — phallus de verre et d'acier, en direction de la voûte céleste. À l'orée des dernières éminences de sable, cachées par leurs ombres d'un bleu provocant, des cultures dattiers et de caroubes aux gousses brunes et pendantes formaient des Oasis, refuges pour les oiseaux et les humains, idyllique allégorie des jardins des Hespérides...

    Les énormes roues du véhicule diplomatique empruntèrent la chaussée deux fois trois voies, ruban serpentiforme enchâssant la cité flamboyante. Les rais d'Hélios effleuraient l'asphalte, exagérant les ombres du moindre relief, procréant dans l'antre du mental d'utopiques fantasmes allégoriques. À l'orée d'une place immense, un petit attroupement les attendait ; le chauffeur immobilisa la grosse berline devant le service de réception, des femmes parées de somptueuses robes aux couleurs chatoyantes et de deux hommes, fringants dans leur tunique cendrée, vraisemblablement des domestiques. Aussitôt émergés des entrailles de la voiture, les serviteurs leur offrirent un accueil chaleureux, se présentèrent et prirent d'assaut le miséreux bagage et le déposèrent sur un chariot électrique.

    Les rescapés montèrent dans le second véhicule et, tout en profitant du luxueux confort, contemplèrent le panorama imposant des gratte-ciel se hissant vers le dôme céruléen du ciel de Méroé, s'érigeant sur la dalle opaline de l'immense agora. Après avoir bifurqué vers le ponant, au détour d'un édifice de verre et d'acier, le véhicule s'immergea dans une place plus petite ; en son centre, un pilier d'Osiris d'un noir d'onyx s'y dressait fièrement. Des passants s'approchaient de l'assise, offrant leurs prières et leurs espoirs à la représentation symbolique du seigneur de l'ordre cosmique. Les deux véhicules s'arrêtèrent et déposèrent leurs passagers au pied du palais royal dont le marbre rose et blanc dressait sa magnificence. Des frises aux ombres bleutées en festonnaient le fronton, dressé fièrement sur son char de guerre, le pharaon noir Taharqa se lançait à l'assaut du roi assyrien Assarhaddan, soutenu par le dieu à tête de lion, Apédémak. Ses guerriers — représentés aux pieds du chariot — formaient un bataillon de fantassins hétéroclites dressant ses armes en direction de l'assaillant assyrien.

Avant de pénétrer le seuil du palais, le groupe s'approcha du *Djed* noir, le pilier d'Osiris ; Néchao s'y prosterna et pria le maître du *Grand jugement*, sollicitant le sens du discernement, puis présenta ses amis à la déité des "millions d'années"... Le palais koushite présentait son fronton résolument moderne, détaché des canons de l'architecture traditionnelle. Ses immenses baies vitrées s'ornaient d'un drapé de plantes grimpantes, montant à l'assaut de la demeure de la dernière mère du peuple Koush : la reine-prêtresse Amanirenas II. Des succulentes y retombaient, où de petites fleurs agrémentaient le mur végétalisé de couleurs chatoyantes. Au pied de la tour, d'un noir d'onyx, des herbacées offraient leurs boutons éclos aux abeilles butineuses, sous le ballet majestueux des papillons, de grands Monarque aux ailes déployées. Un parterre d'asphodèles et d'asclépias aux teintes de blanc nacré et de jaune cuivré enrichissait ce tableau où les Muses offraient aux mortels leurs plus subtiles pensées... Les gardes stationnaient devant la maison de la Maât, celle de l'ordre universel, en ce lieu où la prêtresse dirigeait son royaume d'une main de fer. Drapés d'une tunique d'ocre jaune, les fantassins ressemblaient à d'immuables molosses, le regard sombre plongé vers le ponant. Le groupe pénétra dans l'enceinte du Maât, l'esprit troublé par la puissance architecturale du palais. Le sol en marbre, d'un blanc ivoire, s'étirait sur la longueur d'un stade, enclavé par des murs décorés des péripéties guerrières des ascendants de la reine Amanirenas II. Le plafond, pourvu d'un dôme semi-translucide, diffusait sa lumière opalescente ; la reine-guerrière Amanishakhéto s'auréolait de têtes de lions rugissants, symbole de reine guerrière et de force de vie, diffusant son halo de couleurs vives sur les dalles du sol — des ocres, bigarrés de jaune et de rouge s'y étalaient, créant une palette diaphane de teintes aquarellées...

Ils pénétrèrent par une entrée adjacente aux portes monumentales menant aux appartements royaux. Une galerie de fresques majestueuses se déroulait sur environ deux stades — des vignes encadraient des représentations de la vie kouschites : scènes de chasse à l'antilope et récoltes du blé, du millet et du sorgho aux épis d'un brun doré ; *une soif gargantuesque dévorait le gosier, de quoi avaler sa langue sous le poids de la déshydratation.* Arrivés dans les appartements des invités, on leur offrit une eau bien fraîche, de la bière dont la fermentation égarait votre esprit vers des mondes chimériques — prestigieux univers des Oneiroi, les divinités des rêves, estimables allégories des légendes orphiques... sans oublier un plat de mouton aux fumets puissants, agrémenté de sorgho. Après ces amples victuailles, le petit groupe fit une sieste bien méritée, sous l'ombrage bleuté des colonnades de la majestueuse maison du Maât.

La nuit était tombée sur Méroé. Les éclats célestes scintillaient au sein de la galaxie du Léthée, offrant au dôme du Maât une parure de diamants d'une captivante beauté. La salle de réception exposait ses immenses lustres, dont les larmes de cristal s'y suspendaient, fractionnant le spectre lumineux des flambeaux et les diffusant sur les murs d'une blancheur de lait, dont une représentation de la dernière reine kouschite Amanirenas II, de la taille d'un homme, imposait sa présence sur un pan du mur frontal : ses yeux d'un bleu turquoise irradiaient au-dessus de sa peau, d'un basané velouté. La reine envoûtait, tant par majesté que par ces deux lueurs de l'âme, nichées sur un port de tête élancé, sublimé par un collier de saphirs, peint avec le souci du détail. Le double Uraeus couronnait sa chevelure d'un noir d'ébène, déployant son aura aristocratique, et le drapé de sa toilette, d'un éclatant rouge porphyre, enveloppait une poitrine généreuse que ses nombreux amants devaient caresser durant les étreintes amoureuses — l'ardent dieu Éros devait s'en donner à cœur joie.

Frôlant l'épaule de Persée, Hécato restait figé devant la représentation de la pharaonne noire d'Éthiopide.

– Si ses courbes sont aussi captivantes dans la réalité que sur l'étoffe de lin, alors je serais bien son amant…

Persée tourna sa tête vers Hécato, et fit mine d'approuver les commentaires de son compagnon. Le prince d'Argos était fasciné par la puissance de cette nation de la Haute-Égypte, issue d'une ancienne dynastie royale. Méroé se situait entre deux mondes : au nord, la Basse-Égypte, et en Orient les vassaux de l'empire Perse, établis sur les côtes de la mer d'Érythrée. Le groupe stationnait devant le parterre luxueux de tapis persans, recouvrant les dalles en marbre, richement gravées d'entrelacs serpentiformes du symbole du dieu Apédémak : des têtes de lion couronnées par deux serpents. Les entrelacs bleu et argent des corps ophidiens sinuaient sur les dallages, laissant le regard explorer les rubans, où toutes les dix dalles, ils venaient s'y accoupler puis se scinder afin d'éclore en deux gueules reptiliennes béantes, enserrant une tête de lion. Ils avaient tout juste apprécié le faste de la salle de réception que Néchao s'immergea dans leur champ de vision :

— Chers amis, veuillez vous incliner devant la reine Candace[30] du royaume de Napata et Méroé. Je vous présente notre honorable pharaonne koushite… Amanirenas II !

La reine pénétra le seuil de la pièce, vêtue d'une robe d'un rouge écarlate. Elle s'approcha de Danaé et lui tendit sa main.

— Mon amie Danaé, redressez-vous, notre amitié est bien plus forte que le protocole diplomatique… Elles s'étreignirent longuement, se remémorant les temps forts, où l'une comme l'autre éprouvaient le besoin de complicité et de soutien dans les pires moments de la vie.

— Merci de nous tendre votre main et de nous héberger, nous n'oublierons jamais le soutien que vous nous apportez… Une larme fugace s'échappa de la fenêtre de l'âme, glissant sur les premiers plis de l'âge mûr. Du bout du doigt, Amanirenas lui ôta l'indice aqueux dévalant cette chair éprouvée par les tourments familiaux…

— Présentez-moi à vos amis, dit-elle en jetant un regard perçant vers les cinq jeunes compagnons de cette fugue insulaire. La perle noire de Méroé s'arrêta devant le prince d'Argos. Elle le dépassait d'une tête. Son aura s'apparentait à un trou noir avalant les étoiles, comme un narcisse captivant un essaim de butineuses. Sa bouche, pourpre, suave et généreuse, n'était plus qu'à un empan du descendant du roi Inachos.

— Vous êtes donc le futur roi d'Argos, dit-elle. Un parfum envoûtant de fleurs d'oranger dégageait de sa peau d'ébène. Sûrement des senteurs de Carissa. De ses yeux émanait une puissance de déesse — elle savait qu'elle impressionnait les mâles qui l'approchaient. D'un caractère disciplinaire et ombrageux, Amanirenas pouvait à loisir jouer sur ses humeurs : apporter le réconfort, la douceur d'une caresse comme soumettre l'insolent sujet aux plus vils tourments en cas d'inconduites. Le prince d'Argos faillit tomber dans ce jeu de séduction reptilien.

– Pour l'instant je ne suis que le petit-fils du roi Acrisios… l'avenir appartient aux dieux… Il osa la regarder dans les yeux, lui prouvant que, lui aussi, son rang est de genèse divine. Elle émit un frêle sourire, sachant qu'elle détenait le destin de la mère et du fils entre ses mains.

– Votre fils est vraiment le digne descendant du roi Inachos, lança-t-elle à Danaé. La prêtresse Candace fit quelques pas vers les autres fugitifs, placés dans une ligne de fuite par rapport au buffet présenté sur les somptueux tapis persans, soumis à l'inconscient collectif…

Elle se posta devant l'aurige Antinous et le technicien Hécato ; ceux-là avaient un caractère forgé par les Titans, un mental trempé par la masse d'Héphaïstos, des mâchoires d'airain et un cœur en or, puis elle glissa de quelques pas vers les deux autres compères, Céryx et Épiméthée, les regards pétillants devant les courbes attrayantes de la reine éthiopienne. Mais lorsqu'elle arriva à leur position, ils n'en menaient pas large et courbèrent la nuque face à son charisme.

"Bien ! Après cette agréable présentation, je vous invite à vous approcher du banquet afin de festoyer ensemble. C'est après un bon repas que l'on peut résoudre les problèmes les plus ardus", affirma-t-elle en regardant Néchao. Elle claqua dans ses mains et Amanitore, la sœur de Néchao, apparut aussi vite que l'éclair et aida les convives à se placer autour du fastueux repas. Le dîner fut royal ; entre les plats de sorgho, du mouton agrémenté d'épices variés et puissants dégageait ses fumets, envoûtant vos narines d'arômes pimentés. Pendant que Nyx, La déesse de la nuit, étendait son obscur linceul au-dessus d'un Méroé auréolé de scintillantes constellations, les conversations portèrent sur la fuite d'Argos et celle de Sérifos, des rapports familiaux et politiciens, de la coalition hellénique et des conflits avec les Perses… et de tant d'épreuves qu'un mortel doit subir durant sa brève existence… La prêtresse du royaume de Koush n'avait pas qu'une parfaite esthétique, elle était aussi une excellente hôtesse, maniant le verbe et la gestuelle à perfection, sachant renforcer un lien indivis avec ses voisins helléniques, avec toute sa ténacité diplomatique due à son rang. Malgré les milliers de stades qui séparaient le royaume koushite de la coalition hellénique, Amanirenas devait exploiter sa ferveur tacticienne afin de préserver les excellentes relations diplomatiques, si elle ne voulait pas retrouver le royaume Koushite écarté du bouclier hellénique, des échanges de matières premières et des avancées technologiques bondissantes de cette période faste, sans compter l'économie émergente de l'Ethiopide, déployée par la grâce des échanges commerciaux entre les différents comptoirs helléniques…

Les gouttes de clepsydre s'écoulaient au fil du repas, et lorsqu'ils le terminèrent, le phare céleste de Éosphoros, la Vénus du matin, étincelait sur le rebord du monde, proclamant la résurrection du soleil Phébus…

Deux jours plus tard :
Le puissant tout-terrain louvoyait contre un vent contraire, rasant les dunes au drapé grisé ; un Phébus safran jouait à cache-cache entre les nuées de sable poussées par des rafales et le relief tourmenté du désert, agressé par un Éole colérique — l'œil globuleux des sœurs Grées montait à l'assaut du ciel d'Éthiopide, observant le destin de chaque mortel…

"Ne vous inquiétez pas" annonça Néchao, vous êtes en sécurité dans ce véhicule. La berline est reliée au système de positionnement géostationnaire. Dès qu'un obstacle géophysique, climatique ou simplement humain fait jour, le satellite envoie instantanément les données à la base militaire de Méroé, celle-ci décortique les données en temps réel et agit en conséquence… Masha, le dieu-soleil, sera particulièrement terrible aujourd'hui. N'hésitez pas à vous hydrater et à protéger votre peau de ses griffes brûlantes…"

La berline s'extirpa des dernières draperies siliceuses du désert pour pénétrer sur les steppes de Napata, dont les premières pyramides invitaient les visiteurs à apprécier ces impressionnantes sentinelles de l'histoire koushite. Les géants de pierre érigeaient leur cime vers les cieux limpides ; une *eau céleste* accueillant les âmes défuntes des ancêtres d'Amanirenas II. Néchao leur fit visiter l'ancienne capitale koushite, aujourd'hui dirigée vers le tourisme de masse. De nombreux touristes, issus du pourtour méditerranéen, venaient se reposer sur les rives du Nil et festoyer le soir venu dans les abondants estaminets et boîtes de nuit — cela finissait souvent au poste de police ou à l'asklépiéion[31]… Avant de retourner vers Méroé, Néchao les invita à prier sur l'extraordinaire temple d'Amon, situé au pied du bastion naturel du Djebel Barkal, dont les drapés ocre festonnaient la montagne d'Amon.

À une dizaine de stades des portes de Méroé, un message de la base militaire signalait la venue imminente d'un vaisseau d'attaque blemmyes. Néchao rassura ses invités :

– Les forces du Chaos s'invitent illégalement sur nos terres ; ne vous inquiétez pas de leurs néfastes intentions, nous sommes protégés par le bouclier balistique et les aéronefs d'interventions rapides koushites. De plus, le véhicule est blindé…

– Blindé, blindé, je veux bien ! s'exclama Épiméthée, je n'ai pas envie d'avoir chaud aux fesses… et qui sont ces Blemmyes ?

– Une tribu du nord, particulièrement belliqueuse…

– Que veulent-ils ? demanda Danaé, anxieuse.

– Leurs interventions sont uniquement d'ordre hégémonique. Heureusement, ils possèdent un escadron d'aéronefs vétustes… Soudain un son acéré pénétra l'habitacle du tout-terrain, pourtant insonorisé, coupant la déclaration de Néchao. Soumis à la turbulence du vaisseau d'attaque — frôlant le toit à tout juste un stade —, le tout-terrain frémit, évitant de justesse de s'éjecter de la piste sablonneuse…

– Ouaahhh !! s'écria Céryx, il va nous envoyer en enfer plus tôt que prévu !

– T'as pas des fusils d'assaut dans ton coffre ? demanda Hécato, on va s'en occuper de ton Blemmye !

Ils observèrent le vaisseau d'attaque imprimer soudainement une courbe serrée, avant de pointer son museau d'acier étincelant vers le pare-brise de la berline. Persée sentit son cœur s'accélérer ; les battements cardiaques opprimaient sa cage thoracique et ses intestins se nouaient comme les anneaux d'un reptile — une envie de vomir remonta précipitamment de l'estomac… L'aéronef arrivait à pleine vitesse, amplifiant le mur du son en un vrombissement cinglant de moteurs, digne des fouets des Érinyes. Il n'était plus qu'à quelques encablures, lorsqu'il éjecta son missile ; l'engin du Tartare fusa dans l'air brûlant du désert, s'approchant à vitesse croissante… Néchao eut la présence d'esprit de sortir de la piste, lovant le véhicule sous l'ombre étriquée d'une des ultimes éminences de sable, disséminées à l'orée des portes de Méroé. Le missile s'engouffra sur le flanc nord de la dune et explosa dans une gerbe de feu et de sable fondu par l'irradiation de la charge explosive, pendant que le vaisseau longea sa crête dans un tonnerre de Zeus ; ils avaient eu "chaud" ! … Le chasseur blemmye revint à la charge, après avoir pris un autre virage féroce. Il se rapprocha comme les fougueux chevaux dieu des Hadès, prêt à faucher les âmes des mortels et les précipiter sur les rives sombres du fleuve Styx. Néchao laissa tout de même le véhicule sous le pied de la dune, espérant l'arrivée rapide des secours militaires. La voilure de vaisseau blemmye apparut sur les vitres droites du tout-terrain, offrant sa ligne fuselée et agressive à la vue des occupants s'en remettant aux Moires, les déesses du destin… On entendait le vrombissement aigu des turbines, s'amplifiant à vitesse exponentielle. Le vaisseau de combat grossissait à vue d'œil, l'image de sa ligne d'attaque dévorant la vision panoramique du vitrage blindé. Il ne se situait plus qu'à quelques stades du tout-terrain, lorsque surgit comme par magie l'image véloce d'un aéronef de chasse de l'armée koushite ; l'engin, plein d'assurance, coupa le trajet du vaisseau ennemi. Pris par la soudaineté de l'évènement, le Blemmye braqua son appareil précipitamment, puis le redressa, dévoilant son ventre grisâtre au toit sombre de la berline. Le chasseur koushite pivota aussitôt et fonça vers l'assaillant, ne lui laissant aucun répit ; après avoir effectué un lacet, lâchant un filet sombre de monoxyde de carbone sur le bleu céruléen du ciel, il mit un terme à l'offensive inattendue de l'attaque blemmye en larguant deux missiles. Un laps de temps plus tard, le deuxième lanceur finit par atteindre sa cible, provoquant l'explosion de l'aéronef. Un tonnerre de joie envahit l'habitacle du quatre-quatre. Entre-temps, l'aurige s'était arraché de l'habitacle, accroché à son parachute, il descendait calmement au-dessus des crêtes de sable. Le vaisseau koushite s'éloigna en oscillant délibérément ses ailes en signe d'un au revoir… Tout le monde s'extirpa du tout-terrain et aperçut l'aurige toucher enfin terre. À peine s'était-il relevé qu'il mit les deux mains sur son casque, plongea sa main droite dans un interstice, situé à l'arrière, puis… la tête explosa, propageant des fragments de métal, de sang et de chair sur plusieurs coudées à la ronde ! Danaé tourna sa tête, écœurée par ce spectacle inattendu.

– Voilà pourquoi on les appelle les "hommes sans têtes", émit Néchao d'un ton narquois.

– Pourquoi agit-il ainsi ? demanda Persée.
– Les Blemmyes ne se rendent jamais ! ...

***

Danaé caressa du bout des doigts le pli scellé parvenant d'Argos ; était-ce de bon augure, après tous ces âpres incidents du destin... Elle incisa le scellé, griffé des armoiries des Atrides. La missive ne détenait qu'une dizaine de lignes, un simple tapuscrit. Juste avant de la lire, la princesse releva la tête et observa le passage des nappes effilées de nuages, glissant sur un fond gris-rosé crépusculaire, puis replongea son regard sur la lettrine bleutée, énorme, faisant office de feston épistolaire :
Le roi était à l'agonie ! un tyran éprouvé par la déclaration d'une sibylle. Les oracles s'étaient-ils trompés ? En son for intérieur, une joie inexprimable comme angoisse sourde s'y mêlaient, gravissaient les méandres de son mental puis retombaient illico, plongeant dans un inconscient engraissé par une vie de recluse... Devait-elle céder à l'appel de cette sirène, dotant que la dépêche était signée du sénateur Cinésias. *Il n'est pas encore mort du cancer, celui-là ?* Un autre despote d'Argolide, protégé par la Cour, la corruption et les rumeurs de couloirs qu'il propageait indûment afin de protéger ses arrières... Le jeune prince s'approcha de sa mère et la recouvrit d'un manteau d'affection ; il glissa brièvement le regard vers la lettre, déposée sur les doigts élancés de la princesse d'Argos et d'Arcadie... Sa jeunesse s'effilochait avec le temps, mais elle restait encore belle, désirable — le complexe d'Œdipe ne s'était pas effrité !
– Mère, Père nous exhorte au geste et à la parole !
Elle fit mine de pas comprendre la situation, puis se ravisa :
– Notre Seigneur m'a offert bien plus que je ne l'espérais, dit-elle, la voix érayée par l'émotion. Une perle émergea d'un œil et dévala le velouté de son visage, elle se retourna et offrit une caresse à son fils. Un enfant... Un demi-dieu issu des amours de Zeus Olympien et d'une Atride. Que demander de plus au Divin ? Ses pensées s'évadèrent jusqu'en Éther, là où demeure le grand Zeus Olumpios : *Mon Seigneur, mon amant, n'est-ce par la grâce de ces hiéros gamies, en cette infâme forteresse, que la conception de cet enfant a germé ? Que vos désirs soient les miens...*

Elle s'approcha de l'immense baie vitrée, donnant sur le ponant… Quelques nuées, aussi effilées que des dagues, s'étendaient au-dessus de la ville de Méroé. Obscur serpent, le Nil descendait vers les autres cataractes, et de-là Napata coulait en direction de Thèbes et de Memphis… Elle mit un pied sur la terrasse, un vent frais d'austral balayait ses cheveux d'argent, dévoilant une nuque encore élancée. Sous l'ardeur de ce notos, le vent du sud, les arbrisseaux pliaient leurs ramures et offraient quelques brindilles à Éole, le dieu du vent… Quelques stades plus loin, des écharpes de sable s'arrachaient des crêtes des dunes, virevoltant sous la force cinglée du vent… L'odeur de silice parvenait jusqu'à ses narines, plus habituées aux senteurs du jasmin et de la rose que des âcres exhalaisons d'un souffle brûlant d'Éole, issu des vastes étendues désertiques de l'empire koushite.

– Mère, nous devons mettre un terme aux agissements de l'écumeur Polydectès…

– Cet homme méprisable est le protégé d'Athènes, voulez-vous avoir toute la coalition hellénique à *vos* talons, mon fils ? Il traversa le seuil de la baie et s'approcha de la rambarde — l'air s'était rafraîchi, naissant des grands lacs situés en austral. "Ses sombres manigances profitent à l'Attique", étaya-t-elle tout en contemplant les premières lueurs de la cité, éclore avec la venue des ailes sombres de la déesse Nyx, la nuit.

Il réfléchit sous le fanal de Hespérus, la Vénus du soir, le faisceau de poupe du char solaire. Un sourire apparut sur son visage olympien…

– Qui a dit que ON allait y mettre un terme ?

La première dame d'Argos se rapprocha de son fils, et tout en plongeant son regard sur le fil d'horizon de l'Éthiopide, elle susurra quelques mots à peine audibles :

"Dès que notre Seigneur aura repris le pouvoir en Argos et recouvert l'Argolide, je cheminerai jusqu'au golfe de Corinthe afin de lustrer les divins pieds de Héra Akreia, la patronne d'Argos…"

Chroniques de Déméter :

"L'amphithéâtre de l'université de la Nouvelle-Argos faisait salle comble. Le Pneumatique ! s'exclama Cléobule, maître d'éloquence. L'inspir et l'expir, voilà où toute votre attention doit se porter... Le souffle ; le vide ; l'espace interstitiel contenu entre le plein et le vide, le dense et l'éthéré... C'est à ce "catéchisme" que je vous invite, vous, les jeunes, la nouvelle pousse d'Argos ! Un brouhaha monta des gradins de l'hémicycle... En Argolide, le dieu qui rend fou possédait les jeunes femmes, décocha le membre du Thiase et illustre conférencier athénien. Le Logos attendait d'elles le démembrement de leur cœur, la Nympholeptos, la mélancolie, afin de tendre vers l'ivresse des profondeurs... Les Ménades prenaient leur rôle avec toute la démesure que le dieu du dedans leur demandait...

– Et pour les hommes ? interrogea une voix mâle, lancée depuis les derniers gradins.

– Et les Corybantes ! ne sont-ils pas des "possédés" de l'ivresse divine ? Leurs transes, leurs frénésies dans la danse et les cris les délivraient du mirage de Chaos... D'une furibonde extase, ils s'offraient sans limite à Dionysos, le Dieu Rugissant... tapant sur leurs boucliers et leurs tambourins. Bien évidemment, je ne vous demande pas d'accomplir de tels actes, sauf si le cœur vous en dit, mais de réaliser intérieurement cet enthousiasme dionysiaque. C'est une omophagie intérieure que j'attends de vous... Démembrez-vous !"

Cléobule, maître d'éloquence à l'Université de la Nouvelle-Argos, le cinquième jour de la deuxième décade du mois de posidéon, durant la troisième année de la 1725ᵉ olympiade.

8

Roi de pacotilles

L'Aurore aux doigts de rose pointait tout juste ses ailes d'or, cependant le navire de pêche voguait durant une nuit sans lune, où le satellite Hêllen fut avalé par Érèbe, la divinité du Chaos... Le clapotis des vagues heurtait la coque de l'embarcation, dont des ombres humaines glissaient sur le pont du gros caboteur. Sérifos n'était plus qu'à quelques stades, dessinée par le sombre déchiqueté de sa côte. Vaisseaux de l'air, quelques mouettes s'aventuraient jusqu'au chalutier ;

larrons des airs et des flots, elles attendaient leur récompense marine… L'embarcation venait de jeter l'ancre à quelques encablures de Sérifos, allumant ses feux de mouillage afin d'être bien visible des garde-côtes. Un homme descendit dans les cabines et rejoignit la salle des repas installée en poupe ; lorsqu'il ouvrit la porte, Danaé, Persée, Antinous, Hécato, Céryx et Épiméthée étaient accoudés sur la table — à la vue de Néchao, équipé d'une tenue de plongée, ils levèrent la tête de concert…

– Comme convenu, vous ne sortez pas de la pièce, quel que soit le résultat de l'opération ! c'est bien compris ? Ils approuvèrent en silence. Masango restera avec vous, et si l'intervention échoue, il se chargera de vous rapatrier à bord du submersible, immergé à quelques stades de là, et comme promis on vous conduira jusqu'en Argos… Le temps est compté, nous sommes en retard sur l'opération commando, je vous laisse et vous dis à bientôt, mes amis…

Néchao remonta sur le pont, ordonna à son commando de se présenter devant le bastingage et plongea le premier. Une douzaine de clapotis émergea des flots. L'unité d'élites disparut, n'offrant que quelques bulles sourdre de la surface des eaux. Ils réapparurent un laps de temps après, devant la figure de proue jaillissant son buste de l'étrave du bateau de pêche, puis replongèrent en direction de la côte, dont le relief tourmenté commençait à se former sous les premières lueurs de l'aube… Les Olympiens avaient jeté leurs dés !

***

Les commandos débarquèrent dans la baie sableuse d'Agios Sostis, située au levant et à une quinzaine de stades de Livadi. Ils se débarrassèrent du matériel de plongée et commencèrent à franchir la grève et à emprunter un sentier, dont les hautes herbes le ceignaient. Tout au long du parcours des figuiers de Barbarie et du thym mellifère les accueillaient, mais les soldats koushites se concentraient sur leur expédition, afin de ne commettre aucune erreur tactique… Cette perle brute des Cyclades offrait aux Éthiopiens des points de vue surprenants et époustouflants, provenant de la presqu'île comme de l'intérieur des terres, dont le relief arraché du sous-sol de la mer Égée les éblouissait.

Un épervier frôla le garde de faction. L'homme dressa la tête vers le splendide prédateur, survolant la majestueuse baie de Livadi…

La sentinelle n'avait pas encore recourbé la nuque, qu'un éclat métallique vint lui trancher la gorge. L'oiseau émit son cri et fila sur les hauteurs… Néchao se rapprocha du fantassin et acquiesça du chef l'action véloce du soldat, l'arme blanche ensanglantée encore dans sa main… Quelques gouttes de clepsydre plus tard, le commando entama l'ascension du rocher de la forteresse de Livadi, filins et grappins aidant. Le groupe s'essaima entre les différentes zones de l'enceinte du pirate, encore soumise au règne du dieu Morphée. Les premières lueurs de l'aube s'y étalaient, effleurant le grisé des dalles en de subtiles compositions linéaires, dont les vapeurs matinales émergeaient des pierres millénaires et s'évaporaient dans le bleu-rosé du ciel. Ils pénétrèrent dans l'enceinte à pas de velours — les tomettes cramoisies renforçant cette cadence entre le pas alerte des combattants et leur souffle profond —, et s'introduisirent dans chaque pièce. Reptiles de l'ombre, ils s'adonnèrent à leur besogne, égorgeant avec la plus grande assurance les nombreux écumeurs des Cyclades… *Le dragon peut-il admettre qu'au sein de son antre il n'est pas l'absolu prédateur ?* Néchao passa de pièce en pièce, à la recherche de l'hydre des mers helléniques, du roi "pacotille" de ce bastion minéral, où la pierre éprouve la vague, les déferlantes grondant sur les écueils arides en réclamant leur part de butin fait de galets et de roches saillantes aux flancs bordés des bois en éclisses, échoués sur les côtes du bastion de Polydectès… L'homme sommeillait dans sa chambre, une jeune boucanière coincée entre ses cuisses. Le souffle rauque du marin emplissait la demeure, dont les lustres d'antan s'étouffaient par les ruts libertins du nouveau propriétaire. Il n'était plus question de la *geste* des demi-dieux tombés au combat, l'arme à la main et le cœur jaillissant comme un lion coléreux… Non plus la vaillance du héraut, ayant cavalé durant une lune d'Hécate, afin de prévenir son seigneur de l'arrivée imminente d'une horde sauvage… mais des lubies d'un homme assoiffé de pouvoir, déclinant et n'ayant point flairé la faucille de Thanatos s'apprêtant à le moissonner dans son lit d'infamie…

À pas feutrés, Néchao progressait vers la porte du maître de Sérifos, longeant des meubles, où le buffet rustique côtoyait la fringante console marquetée, où le vernis contrastait avec le laqué et où des tapis de petite facture détonnaient devant le délicat tapis persan aux somptueuses arabesques ébénées sur fond d'amarante. Le koushite glissa sur les lames du parquet, et se rattrapa *in extremis* au rebord de table d'une console athénienne... Un pichet de fabrication industrielle oscilla devant ce mini-tremblement de terre issu de l'illustre Poséidon Pétraios, le dieu qui ébranle la roche. Le timbre du récipient réveilla son propriétaire, dont ses rêves libidineux se mêlaient aux songes d'écumeur... Polydectès baissa un bras sous sa couche, agrippant une lame affûtée comme une lame de rasoir, se leva tout en finesse, abandonnant sa jeune maîtresse aux bons soins des Oneiroi — les esprits des rêves —, et se coula dans l'encoignure de porte... Le Koushite poussa lentement le pan, dont la giration provoquait le grincement des gonds. Il dépassa le seuil, l'esprit et l'œil aux aguets. Côté chambre, l'écumeur des Cyclades tendait ses muscles de vieux boucanier, prêt à fondre sur l'homme qui osait violer son intimité. Des rais de lumière sourdaient des épaisses étoffes, écartées par l'arrivée soudaine d'un courant d'air ; des ocres et du jaune diffusaient leurs auras de particules de poussière et dansaient sur les rayons d'un Hélios s'arrachant du rebord du monde. Néchao s'avança... Une moiteur soudaine oppressa le commando, assaillant et usant ses facultés sensitives, aiguisées par l'entraînement militaire et l'ardeur aux combats. Les sens en alerte, il huma l'air ambiant : des relents de vin vinaigré imprégnaient l'atmosphère. Des odeurs de vin issu de rapines sur des bateaux de commerce, longeant les côtes de la mer Égée. Il pressentit l'entourloupe, une chausse-trappe machiavélique — *"Deus ex machina"*, les Olympiens jouent aux dés, les dieux sont de la partie ! et comme au théâtre, la mécanique est bien huilée : les divinités font tomber le rideau, offrant à la déesse Ananké, la déesse de la destinée, le soin de précipiter l'existence de chaque mortel.

Un rugissement éraillé longea sa nuque et parvint jusqu'à ses oreilles. Néchao pivota à la vitesse de l'éclair. L'action survint tellement vite, qu'il entraperçut le visage de son prédateur, dissimulé derrière la porte d'entrée... Le lion de Méroé dressa son bras gauche et bloqua la course du bras de son adversaire, la dague rutilante dans la main. Paume droite dirigée vers son assaillant, il projeta son bras vers le visage du pirate, tanné par les soleils brûlants de la Méditerranée, et le frappa sur la mâchoire. Le visage de Polydectès fit une brève embardée, avant de revenir s'ancrer sur un cou empâté par les excès d'alcool et de plantureux repas. Néchao délogea son coutelas de son fourreau, fixant le regard mesquin du plus grand écumeur de la mer Égée. Le vieux renard brandit le sien, élimé par la vie démente d'un homme submergé par son ego. Durant leurs belliqueuses chorégraphies, la prostituée s'éveilla, puis se pelotonna au fond de ses draps, le cœur battant chamade. Depuis sa couche, elle n'osait broncher, l'esprit égaré par cette confrontation martiale et la peur au ventre quant à son devenir. Les deux hommes s'intimidaient, profitant de mordantes opportunités pour lancer des assauts… et justement par une habile stratégie, le maître de Sérifos lança une parade qui aurait pu être fatale à Néchao : le coutelas fendit l'air saumâtre de la pièce, pour venir entailler le bras du commando ; l'estafilade avait la taille d'un doigt, cédant un filet pourpre aux lattes de bois, avides de cette inopinée liqueur purpurine. Un sourire narquois émergea des lèvres du maudit détrousseur des mers chaudes.

– Je vais te couper les oreilles en pointe et faire de ton crâne mon prochain récipient, afin d'y verser un illustre Aïdani, rond en bouche, accompagné de crustacés et de coquillages… J'en bave déjà de plaisir.

– Tu parles à un descendant du dieu Apédémak… En mes veines coule son illustre puissance. Regarde ! la cicatrisation s'accomplit déjà… Effectivement, la plaie commençait à cicatriser, offrant au regard de l'écumeur l'extraordinaire processus de renouvellement cellulaire : une excrétion purulente suivie d'un gonflement des tissus précipitaient à croissance exponentielle la guérison du stratège koushite. Le vieux félon écarquilla des yeux… et Néchao profita de l'occasion pour lui enfoncer sa dague dans la gorge. La pointe émergea de l'autre côté, saturée de sombre cruor… Le vieux pillard fit des yeux ronds. Un gémissement s'échappa de sa bouche, puis il s'affala sur le sol imbibé de sang. Il plongea sa main dans la mare écarlate, la leva, et d'un regard ébahi observa ses doigts rougeoyants, dont des filets d'hémoglobine dégoulinaient de son bras. Sa tête retomba, offrant un râle au dieu Thanatos, le faucheur des Hadès…

– Maintenant tu peux te saouler de plein gré, au fond de tes enfers ! il s'approcha de la prostituée, lovée entre des draps sales à l'imprimé d'un goût douteux. Va-t'en avant que je change d'avis ! Elle se leva, nue et le corps lacéré des derniers ébats. Elle prit ses vêtements, jeta un regard vers Néchao et courut vers l'entrée. Un sous-officier pénétra dans la chambre et regarda le corps du pirate, baigné dans sa flaque de sang. Alors ?! demanda-t-il à son second.

– Le travail est fait, Seigneur. Tous les mâles de Sérifos sont passés par le fil de l'épée... Que faisons-nous des femmes ?
– Offre-les à tes hommes, et fais-en des esclaves pour la cité... C'est tout ce que ces prostituées peuvent apporter au royaume d'Éthiopide...

Ils sortirent de la forteresse, le soleil Phébus émergeait lentement des Hadès, flottant au-dessus d'une couche de nuages parés de jaune safran, de rouge garance et de bleu pastel... Néchao s'approcha de la rambarde, son regard glissa sur les quelques centaines de pieds de rochers, enchaînés au piton de Livadi. Tout en bas, sur un bloc de pierres saillantes, gisait le corps disloqué du nain Amphissos...

Chroniques de Déméter :
"*La chambre baignait dans une subtile pénombre entretenue par l'agencement ingénieux de quelques lumignons ; une puissante odeur d'encens, de senteur de jasmin et d'envoûtantes émanations d'opiacés imprégnaient l'atmosphère de la garçonnière — un panachage d'arômes pouvant donner la nausée. L'éclat des bougies diffusait son aura jaunâtre sur un couple d'éphèbes en marbre de Paros. La sculpture trônait tout près du lit, posée sur sa colonne de style ionien.*

Glissés dans un nid douillet de draps en satin rose et bleu céruléen, deux jeunes tourtereaux s'offraient aux flèches d'un Éros taquin. Après les élucubrations du dieu Amour, Panayiotis émergea des draps froissés et saisit un livre, le regard empli de vapeurs d'opiacés, pendant que son amant s'évadait dans les bras de Morphée. Le jeune homme multipliait les conquêtes masculines, cédant aux flèches de Aphrodite Ourania, la déité des pédérastes. Le sommeil le rattrapa et il sombra dans l'antre des Oneiroi, les divinités des rêves, mais ce que Panayiotis ne savait pas, c'est que son amant d'une nuit, le cœur usé par l'abus d'alcool et d'opiacés, avait rejoint les Champs-Élysées..."

Chronique consignée sur le journal intime de Cléobule, maître d'éloquence à l'Université de la Nouvelle-Athènes, durant la troisième décade du mois de hécatombéon, durant la quatrième année de la 1725ème olympiade.

9

La tombe d'Hestia

La voûte céleste illuminait la côte d'Argolide, parée d'une rivière de diamants issue de la galaxie du Léthé. À quelques stades de la cité de Nauplie, sur les flots du golfe d'Argos, des remous tourmentaient la surface du dieu Océan : ballasts vidés, la fosse de veille du naviscaphe émergea lentement de la surface des flots. Les vagues y léchaient sa sombre coque, faite dans un matériau composite des plus solides de l'empire koushite. Le vaisseau surprenait les yeux des Olympiens, tant par sa taille que par sa puissance tactique, dévoué à un arsenal d'ogives nucléaires... Une réunion s'établit dans la pièce des officiers. Dame Danaé écoutait précieusement les recommandations de

Néchao, le visage austère plongé sur le dernier message, dépêché d'Argos :

"… C'est un émissaire inconnu, issu de la maison Atride, qui a envoyé la dépêche par logiciel crypté "Scytale" : le message provenant du palais d'Argos et contenant le trépas prochain du despote est tout simplement fallacieux ! énonça-t-il crûment. Vous avez été dupés par de fausses déclarations, concernant la mort prochaine du roi d'Argos…" Danaé resta dubitative, devant l'annonce de Néchao.

— Pourquoi mon père aurait-il agi ainsi ? Nous savons pertinemment qu'il souffre d'une maladie incurable, voué à finir paraplégique et condamné à perdre la raison…

Persée s'avança vers la princesse d'Argos et lui tendit une main affectueuse, qu'il déposa dans la sienne :

— Malgré tout le mal que… mon grand-père vous a fait, vous restez encore influençable, mère. Elle lui jeta un regard noir.

— Acrisios restera toujours mon père et aussi ton grand-père… même s'il œuvre sur une autre voie dirigeante.

— Un despote, qui assujettit toutes les classes sociales à ses bo…

— CELA SUFFIT ! s'égosilla-t-elle.

Un silence glacial tomba sur la pièce. Le koushite regarda Danaé et Persée :

— Vous êtes toujours nos invités… Vos appartements n'attendent que vous, et notre bien aimée reine Candace sera toujours présente afin d'établir un lien diplomatique entre les différentes confédérations helléniques et la dynastie des Atrides… Hécato regarda son ami et s'immisça dans la conversation :

— Prince Persée, je ne sais pas ce que les autres en pensent, mais après toute cette aventure je ne vous lâcherai pas ! je reste à vos ordres, quel que soit le choix que vous ferez. Une excitation collective s'empara des complices. Une ovation magistrale explosa dans la pièce, emportant les cœurs vers un lendemain empli d'espoir et de liberté… Tous s'accordèrent à poursuivre le chemin pour la libération de l'Argolide, quelle qu'en soit l'issue finale. Un sous-officier apporta un nouveau courrier à Néchao. Il ouvrit le pli :

— Un nouveau télégramme… qu'il lut à haute voix : "… en ce moment même, des rebelles pourvus d'armes automatiques investissent la place d'armes du palais d'Argos. Une colonne de blindés et des stratèges du palais des Atrides ripostent et bloquent les insurgés. Des hommes meurent écrasés par les chars et d'autres sont criblés de balles par les miliciens… Les rebelles rencontrent une opposition farouche des forces spéciales… Quelques stratèges, épousant la *noble cause* et des civils armés jusqu'aux dents tentent de renverser le despote, mais la garde royale, aidée par l'escadron du corps d'élite de l'Agéma sont en voie de dissoudre la tentative de coup d'État… Ils les ont bloqués devant les grilles du palais… C'est foutu ! L'hipparque, le commandant de la troupe motorisée, décide de mettre un terme à la rébellion ! L'escadron enfonce l'attroupement des insurgés … tous morts ! criblés de balles ou écrasés par les chars de combat... Une vraie hécatombe !"

Persée regarda sa mère, dont le visage déconfit par la tournure de l'évènement s'était décomposé au fil de la lecture du télégramme.

– Tout est dit, entérina Persée. Il est temps de remettre de l'ordre au sein de la nation ! il se tourna vers Néchao. Peut-on répondre à cet… inconnu, et lui soumettre l'idée de nous rencontrer afin de parfaire un renversement de trône ? Néchao le regarda, perplexe à l'idée de répondre à un anonyme, même si cette personne semblait être de bonne foi. "En ce cas, je vous propose de vous lâcher à quelques brasses de Nauplie. Je l'avertirai et lui demanderai de vous retrouver dans un estaminet de la vieille ville. Il devra montrer patte blanche : un signe, une parole ou un objet permettant de reconnaître notre personnage… et surtout il doit venir tout seul, et je serai présent avec mes hommes afin de vous garantir votre sécurité".

– Qu'il ou elle soit en possession du sceau royal, exprima Danaé. Au nom de mon peuple, Néchao, je tiens à vous remercier pour l'aide précieuse que vous nous apportez…

***

Le soir même, Hécato, Antinous et Épiméthée étaient attablés au fond de la salle de l'estaminet (Danaé et Céryx demeuraient à bord du naviscaphe), quant à Persée, il s'accoudait sur le rebord d'une table à l'autre bout de la salle, le visage dissimulé par sa capuche, un rhyton de vin âcre dans la main. Néchao l'accompagnait, le regard plongé sur un plat de gruau ; peut-être que les augures s'y dévoilaient, dont les vapeurs dégageaient leur fumet aromatique, gagnant les narines du robuste koushite. L'estaminet n'avait pas bonne réputation, et était surtout reconnu comme un repaire de coupe-jarrets et de vieilles canailles plus habituées à arranger de fructueux négoces — au grand dam de l'administration fiscale d'Argos —, que de profiter de leurs derniers jours sur le front de mer du golfe de l'Argolide, à hameçonner quelques poissons frétillants… Les clients ne se bousculaient pas ce soir, juste des habitués du coin, avalant leur *picrate* tout en causant des affaires du monde et de quelques véreux aristocrates, travaillant les gérants de leurs échoppes d'une main de fer. La nuit s'étirait, offrant au terrible Chronos le soin d'établir sa suprématie sur le monde des mortels, lorsque au milieu de cette obscurité sans lune, un homme pénétra dans l'antre de ce refuge, destiné aux crapules de l'Argolide… La sombre tunique enveloppait l'homme émacié, dont à chaque pas le timbre mat de sa canne perturbait le silence sépulcral du coin. À l'arrivée du pernicieux personnage, des têtes se retournèrent, afin de mettre une image sur le tonitruant mandataire de Zeus Kéraunos, le Zeus-Foudre. Il semblait quelque peu perturbé par l'ambiance glauque de la taverne ; le vieil homme diffusait son aura de riche eupatride, sûrement plus disposé à fouler les fastueuses moquettes des cercles privés d'Argos, que de se vautrer dans les bras d'une prostituée des quais de Nauplie. Son visage semblait déshydraté par la maladie, et sa peau parcheminée s'étirait, proche de la rupture, comme un vieux linge altéré par le temps et les récurrents lessivages, au fil des saisons… Il s'approcha du comptoir d'un pas mal assuré, se pencha sur l'aubergiste puis d'un air emprunté, lui susurra quelques mots à l'oreille. Le vigoureux tavernier inclina sa tête vers la droite, aiguillant l'inconnu vers la table de Persée et Néchao.

L'homme s'avança d'un pas feutré, seul le cliquetis de la canne inondait les tête-à-tête ouatés des boit-sans-soif. Sous le faisceau de l'applique murale, des ombres buvaient le relief tourmenté du vieil homme, le regard plongé vers Néchao. Il montra une main squelettique, dont les veines serpentaient sur sa peau comme le fleuve Acheloos durant ses jours de colère, et présenta ses longs doigts, aux ongles soigneusement apprêtés. De son pouce droit, il retira son anneau, décoré des armoiries des Atrides, pendant que l'autre main agrippait le thyrse au pommeau de Zeus Patrôos, comme les serres d'un aigle agriffant un oisillon volé à sa mère.

"Un fils d'Atrée ! ... La fatalité pousse toujours votre famille vers les plus sombres recoins de votre Tartare... Qui êtes-vous, vieil homme ?"

– Le magistrat Cinésias ! lança le cousin du roi.

Persée releva brusquement la tête, la capuche s'affaissa sur sa nuque, offrant au regard du vieux politicien l'image glaçante de son neveu : le visage de Persée se pétrifia devant ces retrouvailles inattendues.

– Mon oncle ?! Je vous croyais... mort.

– Le seigneur des Hadès n'a pas encore dépêché son laquais Thanatos. Le *crabe* ronge mes entrailles, les chemins menant aux Champs-Élysées semblent tout proches, maintenant...

– Je suis surpris d'apprendre que vous êtes l'auteur de ce courriel, dit-il à Cinésias, le dos voûté par l'âge et la maladie.

– Je ne suis que le messager de ce que le dieu Hermès a daigné me dévoiler, les transcriptions sont de mon jeune rhéteur Léandros, car mes mains n'ont plus la vigueur de mes vingt ans ; elles tremblent sous le poids de l'âge et du ministère. Seule la rhétorique use et abuse encore des facéties de ma langue, comme un chien aux abois devant la caravane qui passe...

– Asseyez-vous, mon oncle... Le sénateur s'assit sur le banc, le tronc arqué comme un vieil arc perse. Néchao lui tendit un rhyton de vin, que le vieil homme refusa en levant un bras efflanqué par le cancer.

– Non merci ! dorénavant mes lèvres épousent l'eau fraîche de la fontaine Castalie, le vin du noble Dionysos m'est déconseillé... Néchao plissa le front, et ses yeux s'enfoncèrent dans l'antre de ses orbites.

Persée avait des questions brûlantes à lui poser. Il tenta une approche diplomatique :

– ... vous étiez un fervent dirigeant de la cause politicienne de mon grand-père. Quelle est la raison de ce revirement, mon oncle ? L'homme redressa sa carcasse, avec le plus de mal qui soit, et tout en plissant du front, il lui répondit dans un émotionnel vibrato partant dans les aiguës :

– J'ai toujours admiré la ferveur politicienne de votre grand-père. Il a cette aura pour rassembler les peuples, surtout lorsque l'ennemi Perse déterrait la pointe de leurs lances. Lorsqu'il mit en branle le "Bouclier Peltè", malgré le rejet des Grandes Maisons, je fus admiratif devant cette force qu'il eut pour contrer verbalement ses adversaires. Une éloquence que peu d'hommes possèdent. Le lien qui unissait la coalition hellénique faillit céder sous la pression de quelques dirigeants, surtout d'Athènes qui voyaient d'un mauvais œil le lancement de ce satellite stratégique comme une tactique oligarchique, allant à contre-courant des accords bilatéraux militaires qui avaient été ratifiés par le passé... mais lorsqu'il s'en prit à votre mère, mon sang ne fit qu'un tour, je le pris en privé dans son cabinet pour le remettre sur la voie de la "juste raison". Il se déchargea en me disant qu'il eut un *présage*, que des Maisons en voulaient à sa vie, à son pays, qu'il fallait agir vite, que le dieu Chaos s'invitait dans son foyer... Je le priais de recouvrer la raison, qu'il manquait de jugement et de discernement, de cette conscience faite "homme". Devait-il sacrifier sa fille et son petit-fils sur l'autel des holocaustes ? Nous nous sommes mis en colère, nous n'étions pas loin d'en venir aux mains. Quelques jours plus tard il me frappa d'atimie, d'ostracisme, pour m'envoyer *ad vitam aeternam* passer la fin de ma vie sur l'île d'Hydra... et lorsque des années plus tard le peuple apprit l'holocauste de la fille et du petit-fils, la nation se déchira ; le pays sombra dans un conflit interne dramatique, sans compter la crise diplomatique, conséquence de la ratification du projet "Guerre des étoiles". De nombreux contrats de partenariats industriels et commerciaux furent rompus avec l'Attique, la Béotie, l'Eubée, puis le reste des états helléniques... Acrisios releva les charges d'imposition et le peuple recommença à se soulever... La gorge râpeuse, Cinésias souleva son rhyton et avala une gorgée d'eau. Il dévisagea Persée. Tous les traits de votre mère... Comment va-t-elle ?

Persée ne répondit pas, observant son vieil oncle, déjà un pied sur le seuil des Hadès — combien d'Olympiades lui restait-il à vivre ? Le jeune prince avait de l'aigreur contre son oncle ; une haine farouche de jeune mâle, qu'il devra chasser s'il désire contrer cette fatalité génétique fielleuse, déclenchée par son ancêtre Atrée. Les Atrides... une dynastie soumise à l'adversité, à la fatalité... Y aura-t-il un jour un terme à cette infernale circumambulation autour des séculaires péchés de la famille d'Atrée ?

— Qu'êtes-vous venu nous proposer ? lui demanda-t-il froidement.

D'un aplomb mesuré, dont nombres sénateurs affichent durant une campagne électorale, Cinésias développa ses propositions :
– Nous sommes un groupuscule de politiciens, de prêtres, de stratèges, de journalistes et de diverses personnalités des arts et des lettres. Notre but est de faire tomber Acrisios de son trône. Nous savons que le roi est affaibli par un mal qui le ronge, mais ses proches lieutenants maintiennent une cohésion au cœur du pouvoir, à des fins purement stratégiques. Leur visée est de préparer l'armée à gouverner l'Argolide et à conquérir l'Attique... sans autre conséquence que de provoquer un schisme entre les nations helléniques. Déjà, des mouvements de troupes ont été remarqués aux abords de Corinthe et de Sicyone... Nous avons des contacts avec des stratèges épousant notre cause, ils craignent que la coalition finisse par imploser. Une guerre intestine que les Perses sont à même d'exploiter. Les Achéménides vont s'en donner à cœur joie, des dissensions qui animent les descendants du roi Hellên... Il reposa le rhyton d'une main blême et tremblante, et regarda son neveu, voyant dans son regard l'animosité qui s'y lovait, depuis que la conscience de Persée attribuait au grand-père et aux autres liens de parenté l'imputation de son ostracisme de la Maison Atride... Des rumeurs font état que la fille et le petit-fils du despote sont encore en vie, rajouta-t-il. J'ai conscience *à quel point* je porte le poids de mes responsabilités sur votre ostracisme et de ce qui en découla. Je ne pourrai jamais réparer mes erreurs passées, mais je peux tout au moins offrir mes services et le peu d'énergie que mon corps recèle, au descendant d'Atrée... Persée, montrez à votre peuple que vous faites partie du monde du vivant !

D'une main fébrile, il crocheta le fermoir de l'anneau et le posa sur la table de guingois. La chevalière des Atrides exposait l'estampille d'Atrée au jeune descendant du roi Pélops : une roue de char barrée d'un trident. Durant un laps de temps, les deux hommes s'observèrent ; deux visages antinomiques renvoyant une dynastie royale en proie à une sentence démiurgique, depuis la genèse des Atrides... Persée tendit le bras, saisit la chevalière et glissa les deux parties de la bague ente la phalange de son pouce droit, puis bloqua le fermoir.

Le dernier descendant d'Atrée allait accomplir son destin : reprendre le trône de l'Argolide !

***

Le roi, affaibli, conservait son tempérament sanguin, malgré la grave maladie qui allait l'emporter vers le monde d'Hadès... Il se reposait sur un fauteuil assez large et solide pour supporter son imposante masse adipeuse, bordé d'une couverture d'un vermillon fané, élimée par les nombreux lessivages. La pâleur de son visage contrastait face à son caractère bilieux, et dans ce cas-là, il valait mieux ne pas contrarier le Basileus, le Lieutenant de Dieu :

— Je vous avais ordonné de ne pas ouvrir le feu ! tempêta Acrisios, devant le stratège Onésimos et son premier secrétaire d'État. Le militaire avait cette froidure des hommes de guerre, et la propension à régler des différends de manière *expéditive*. Quant au fonctionnaire, il tremblait devant les semonces du souverain — bien que le timbre du roi n'eût plus la vigueur des années glorieuses.

— Nous n'avions pas le choix... Le palais supportait les bombes incendiaires des contestataires révolutionnaires. Vous devriez préparer vos affaires, le royaume possède une base secrète à Stymphale. Pour assurer votre sécurité, il serait appréciable que vous y demeuriez quelques jours, le temps que l'armée remette le peuple sur la voie de la rigueur.

— Hors de question ! fulmina Acrisios. Le roi se doit de conserver une image forte en usant son pouvoir autocrate à demeure, au palais d'Argos. M'écarter du trône c'est offrir l'image d'un souverain fantoche, à la merci des roturiers... Avez-vous des nouvelles de ma fille et de mon petit-fils ? demanda-t-il au secrétaire.

— Actuellement, nous pensons que la princesse Danaé et le prince Persée sont à Nauplie, mais ce ne sont que de simples suppositions...

— J'en veux plus ! pas des hypothèses à deux sous, accaparées par des bruits de couloir. N'avez-vous donc aucun officier prêt à offrir ses services pour l'État ? demanda-t-il à Onésimos, en se tournant vers l'impressionnante carrure du stratège. Prenez les mesures qui se doivent en pareil cas, Onésimos. Le roi d'Argos et de Sparte n'est-il pas en danger lorsqu'un simple quidam ou un mouvement anarchiste porte atteinte à sa vie ? ...

***

La pièce était plongée dans une angoissante nébulosité, baignant dans l'humidité et la poussière. Des rais de lumière bleue froid, issus des néons d'un hôtel, perçaient d'un brise-soleil, dont quelques lames métalliques montraient leur fatigue, due à l'usure du temps. De scintillantes poussières ardoise ondulaient sur les lueurs émises depuis l'enseigne publicitaire, un ballet de microsoleils où le regard de la princesse d'Argos glissait sur les rayons lumineux, afin de contempler le rideau de pluie siégeant sur la puissante Argos ; Danaé s'approcha de la baie vitrée d'un antique cabinet de travail, sûrement celui du secrétaire d'un secrétaire, dépendant d'un vieux sénateur appartenant à la chambre des anciens archontes de l'Aréopage. Elle souleva la lame d'un doigt maladroit ; à un demi-stade du sénat, l'éclat bleuté du néon publicitaire renseignait le badaud sur l'origine de l'illustre demeure : *"Au relais de poste du Roy", tout un programme,* songea-t-elle... Le tonnerre s'invita bruyamment au-dessus de la Nouvelle-Argos, la faisant sursauter à l'appel tonitruant de Zeus Kéraunos, le Zeus du Tonnerre. Un doute perça sa carapace : était-elle devenue folle ? Deux voiles de tissu en organza troublèrent son champ de vision. Elle lâcha la lame et asséchait ses larmes d'un revers de main.

Surtout ne pas pleurer, ne pas montrer au regard du mortel comme au voyeurisme des illustres résidents Olympiens, l'asthénie émotionnelle, le pied d'Achille des Atrides... Une Atride ne pleure pas, une Atride ne pleure jamais ! Une Atride montre l'exemple, la fougueuse énergie démonstrative de la dynastie atridienne...

L'image de sa mère lui revint en mémoire : un océan d'affection, un cocon d'amour durant le gynécée, afin de surcompenser l'absence d'un père et de la protéger d'un grand-père au tempérament bilieux. Des mâles dominés par de dévorantes pulsions hormonales, issues d'un antique conflit familial...

L'effleurement d'un vêtement troubla son évasion mentale — les mains de Persée vinrent envelopper les siennes.

– Mère, vous devriez vous reposer... Vous pleurez ? Il l'enlaça d'une douce affection. – Persée, pas devant nos amis... nous nous devons de respecter le protocole...

– Le protocole... Quel protocole, y en a-t-il encore un ?

Les gouttes de pluie continuèrent à tomber doucement, puis l'éclat carillonnant de cette clepsydre aquifère troubla le silence monacal. Derrière la filiation des Atrides, Céryx et Épiméthée patientaient, l'échine dorsale pliée au-dessus d'une table basse, jouant avec des fournitures de bureau, pendant qu'à l'autre bout de la pièce, Antinous et Hécato refaisaient le monde, plongés dans une lugubre pénombre, avec cette folle insouciance de la jeunesse qui les accompagnait — leur mot d'ordre est "l'insoumission", la *rébellion* face au pouvoir d'un tyran…

– Devons-nous attendre encore longtemps ? se plaignit Céryx.
– "Patience est Mère de toute science", répondit Danaé.

Céryx s'affala sur le pouf, encaissant la réplique de la première dame d'Argos.

Les gouttes de clepsydre s'écoulaient lentement, laissant la pensée divaguée vers d'obscures rencontres, plus ou moins tragiques… La nymphe Néphélé, la déesse des nuées, sourdait de sombres nuages, chargés d'une importante pluviométrie, un vent d'Austral apportait un air saumâtre issu de la mer Égée… Si Poséidon Prosklytsios, l'Inondeur, exprimait son courroux, c'est qu'il désapprouvait la présence de la déesse Héra sur Argos, tant de conflits pour annexer la grande Argolide…

La porte s'ouvrit, émettant sa plainte lascive. Le visage de Cinésias apparut dans le chambranle, illuminé par les froids éclats des réverbères, diffusés depuis l'agora d'Argos. Il émergea de la pénombre et pénétra dans la pièce, le visage exsangue et le corps amaigri.

– Suivez-moi, on vous attend à l'autre bout du Sénat…

Corridors et passages secrets se succédaient dans le sous-sol de l'Assemblée nationale. Ils pénétraient de sombres couloirs pour en émerger dans de nouveaux, tout aussi semblables. L'humidité suintait des murs, favorisant l'apparition de moisissures, des mousses et autres lichens, sur les murs de fondation du Sénat. Le groupe traversa une antichambre, puis se retrouva face à une minuscule entrée, pourvue d'une porte en ogive. Pour en traverser le seuil, ils devaient courber l'échine. La salle semblait vaste ; la voûte s'étirait sur près d'un stade, supportée d'un ensemble de colonnades, dressées tous les dix pas environ. L'éclairage était apporté par quelques appliques, soigneusement espacées le long des murs. Un groupe d'une dizaine d'hommes les attendait au niveau du dernier tiers. À leur approche, on discernait les tenues militaires de deux grands stratèges, les costumes de quelques personnalités du gouvernement d'Argos ainsi que l'habit clérical des prêtres de l'héraion[32] et du sanctuaire de Poséidon Prosklystios. Cinésias fit rapidement les présentations. Danaé avait eu connaissance de quelques personnalités issues de l'armée, du Sénat et du sacerdoce de la déesse Héra. Les prêtres firent bon accueil à la première dame d'Argos, enchantés de recouvrer l'amante de Zeus Meilichios, le Zeus de la Douceur. Le stratège Ambrosios s'approcha de Persée.

– Jeune Persée, en tant que descendant de la dynastie des Atrides, vous êtes leur digne successeur. Comme vous le savez, votre grand-père a déjà un pied sur les rives du Styx… Par ma voix et celles des représentants du Sénat, nous vous demandons d'être notre Wanax, notre légitime souverain, et de prendre le commandement des opérations stratégiques à venir…

– L'Argolide a suffisamment souffert des caprices d'un despote, même si celui-ci fait partie de la Maison Atride… Mon Père, qui demeure au sommet de l'Olympe, m'offre ce privilège de rassembler à nouveau le peuple de l'Argolide afin de recouvrer l'honneur perdu des Atrides. Il est temps de mettre fin à cette guerre intestine qui fragilise la patrie, et retrouver notre rang au sein de l'Hellade…

Ambrisios leur demanda de le suivre, le temps comptait…

Ils émergèrent d'une porte de service, où les attendaient une dizaine d'hoplites, armés de pied en cap. Une nuit d'encre recouvrait la cité, offerte à quelques étoiles éparses illuminant les trouées de la couverture nuageuse. La chaussée humide réfléchissait un luminaire accroché à l'angle des murs, provenant du tenant de la venelle. Ils longèrent sur un demi-stade la ruelle, et atteignirent l'aboutissant, bouclé par plusieurs berlines et véhicules miliaires. Ils s'engouffrèrent à la va-vite dans les voitures, qui partirent en trombe rejoindre la voie rapide, sous un crachin glacé répandu par la nymphe Néphélée, la déesse des nuées. Les véhicules filaient à tombeau ouvert, appuyés par un gros quatre-quatre ouvrant la voie. Le temps grisâtre et la vitesse estompaient les gratte-ciel, dressés aux abords du périphérique. La pluie giflait les vitres de la grosse berline, fonçant sur la chaussée empreinte d'une humidité sournoise — un instant où la solitude s'imprégnait des lueurs d'un passé récent ; images récurrentes d'un combat de Titan, où il faillit passer de vie à trépas en un instant. On lui avait forcé la main, lui faisant croire qu'il possédait des capacités hors-norme… Comment a-t-il été si dupe ? Sa jeunesse ne doit plus lui fausser les cartes de la réalité. Il se devait maintenant de rester sur ses gardes : le futur roi d'Argos ne résidait pas aux Champs-Élysées, mais bel et bien sur la terre des mortels, avec ce devoir et cette charge que tout régent aristocrate doit accomplir durant sa vie. Demi-dieu, Persée a dorénavant une chape de plomb suspendue au-dessus de sa tête : la responsabilité du pouvoir se requit par la force des changements qu'il se doit d'accomplir. La monarchie n'est pas une partie de plaisir figée dans le temps, une distraction d'aristocrate perdu par ses penchants récréatifs, mais par le souci de tous les instants, d'apporter au peuple ce que le Wanax a de meilleur en lui…

Un parapet coupa son évasion mentale, et le véhicule s'engouffra dans l'un des tunnels permettant d'accomplir ce prodige de la vélocité. La lueur des appliques filait comme des traînées d'argent, éraflant la sombre cavité en de multiples éraillures scintillantes. Le sombre et la lumière se dévoraient depuis la nuit des temps, où un Titan décida d'offrir au genre humain l'étincelle de vie, l'éclat chatoyant du *feu* prométhéen. Que ce colosse soit damné, ou honoré jusqu'à la fin des temps !   La berline émergea du tunnel, le terrain accidenté des terres d'Argolide présentait ses rondeurs et ses étendues de terres maraîchères destinées aux primeurs, aux vignes noueux dressant leurs ceps en direction de la voûte céleste, et aux arbres fruitiers, sous le regard froid de quelques étoiles, perdues au sein de la galaxie du Léthé. La pluie tomba dru, éternels sanglots de la fertile Argolide.   Un panneau directionnel indiqua la prochaine sortie : "Mycènes". Persée pivota sa tête en direction de sa mère ; le regard fier, elle lui dit :

– Nous rentrons chez nous, Persée… Le palais des Atrides, la maison de nos ancêtres…

À une vingtaine de stades de la voie rapide, la résidence des Atrides dominait la plaine d'Argos. Quelques luminaires éclairaient l'antique demeure d'Atrée, accrochée sur le mont mycénien sous un ardent drapé orageux. Sous les filets des gouttes de pluie, glissant sur les vitres de la berline, l'image trouble du manoir ondulait comme un serpent de mer voué à l'agonie… Les résurgences de l'enfance vinrent subitement agresser l'homme qu'il devenait ; d'un grand-père acariâtre, à une éducation stricte soumise aux dures règles de l'aristocratie, il devait se forger une carapace émotionnelle, être plus à l'écoute du vaste univers qui l'entoure, un monde auquel son Père l'a immergé à des fins purement politiques. Le véhicule prit la bretelle de sortie, puis quelques stades plus loin bifurqua au niveau d'un embranchement pour s'engouffrer dans un tunnel, éclairé uniquement par les lueurs des feux de route. Le chapelet de voitures traversa la Porte des Lionnes et aborda soudainement un chemin tortueux — une dalle massive, se confondant avec le relief de l'éminence rocheuse, glissa sur d'invisibles rails. La colonne s'enfonça sous l'acropole de Mycènes. Le sas coulissa et regagna sa place initiale…

***

La salle borgne résonnait sous la présence d'un vide abyssal ; seules demeuraient une longue table de travail et une enfilade de chaises désuètes et inconfortables mais d'une éminente robustesse afin de défier l'usure du temps. L'assemblée attendit que le futur roi d'Argos et de Sparte daigne s'asseoir en premier ; ce ne fut qu'au bout de quelques gouttes de clepsydre que Danaé comprit la singulière expectative des gents miliaires et ecclésiastiques, signalant à son fils, d'un mouvement de tête fugace, qu'il devait ouvrir le synédrion[33] de la ligue d'Argolide et de Laconie. Le silence s'installa, et d'une voix magistrale, Persée ouvrit la séance :

– En ce moment, où demeure… le tyran ? demanda-t-il au sénateur Cinésias.

– Il réside au palais d'Argos… malgré le désaccord de sa garde rapprochée.

– Quel est notre pourcentage de chance de renverser le trône ? en s'adressant au stratège Ambrios.

– Faible. Par la grâce de Zeus, le peuple est avec nous, et nous pouvons compter sur le soutien de nos voisins de l'Élide, de Messénie et de Laconie pour renverser le rapport de force. Il y aura forcément des morts…

— En ce cas-là, le sacrifice est fondamental afin d'aboutir au succès. Seule demeure la finalité de l'enjeu : la liberté ! Quels sont les moyens tactiques permettant d'affronter la situation ?

— Quelques divisions d'infanterie, une poignée de chars d'assaut, deux ou trois aéronefs de combat et des stratèges ayant eu la noblesse d'avoir rejoint la coalition...

— Je peux dégager des fonds de pension issus de mes divers placements, proposa Danaé.

— Votre père a bloqué vos avoirs... ajouta Cinésias.

— Avez-vous des fusils d'assaut, des armes à nous fournir ? demanda Hécato.

— Mes hommes vont vous livrer le nécessaire, mais en cet instant, ce qui importe, c'est de mettre une stratégie au point, digne des plus grands polémarques Achéens. Nous ne devons pas décevoir l'obstiné Zeus Agamemnon, car de fertiles prairies de l'Élysée, le plus grand des stratèges observe nos faits et gestes... N'est-il pas votre ascendant, prince Persée ?

L'œil pétillant, Persée regarda sa mère.

— Dès l'enfance, mère m'a conté les exploits de notre ancêtre. Jour après jour, je fus allaité par la *geste* du grand Agamemnon, et je ne peux oublier combien de songes ont nourri mon imaginaire...

— Alors il est temps de mettre votre imaginaire à l'épreuve de la raison et de la justice. Le peuple d'Argolide attend de votre personne que vous remettiez de l'ordre au sein de la Maison Atride...

***

Une ondée particulièrement vigoureuse se déversa sur l'agora d'Argos — Poséidon-Prosklytios, l'Inondeur, avait décidé de mettre son grain de sel dans l'opération stratégique. Une pluie froide, assez pénétrante pour décourager le simple quidam à sortir de ses pénates. Les lueurs des réverbères ondulaient sous l'assaut du rideau pluvieux, des formes luminescentes qui se fractionnaient sur les pavés glissants de la place d'armes du palais.

Les hommes du commandant Likanor, issus du corps d'élites des Mille d'Argos, se fondaient dans le décor urbain. Dissimulés dans l'antre des ruelles attenantes à l'agora, leurs corps, armés de pieds en cap, se coulaient dans la nébulosité d'une aube bruineuse. Pendant ce temps-là, dissimulé dans une fourgonnette aux vitres teintées, située à l'opposé de l'entrée principale du palais, côté jardins, le stratège Ambrosios attendait les messages du commandant Likanor. À ses côtés, Céryx et Épiméthée suivaient minutieusement le déroulement des opérations pendant que Antinous et Hécato patientaient au niveau d'un carrefour, postés dans le parc du quartier huppé, soutenus par une trentaine d'hoplites du contingent des Mille d'Argos, dans une latence qui confortait la renommée du fabuleux corps d'élite. Un lieutenant du bataillon les épaulait, une oreillette accrochée dans le lobe, à l'écoute du déroulement des informations de l'opération stratégique. Soudain les dissidents entendirent le vrombissement des pâles d'un helixpteron. L'aéronef émergea de la brume. La voilure se précisait, enveloppée d'une pellicule de larmes, dérobée à la polymorphe Néphélé, la déesse des nuages ; la couleur bleu saphir du vaisseau des airs tranchait sur les zébrures d'un noir charbonneux, telles les serres acérées d'un hippogriffe ayant eu l'audace d'affronter l'oiseau de métal et de l'avoir éraflé, durant un assaut impromptu... Le rotor vrombissait, les pales déchirant les nappes denses de brouillard. L'aérodyne de surveillance survolait lentement le parc d'Argos, effleurant par instants la cime des grands arbres centenaires. Un cône de lumière se créa subitement. Le faisceau coulait mollement sur la pelouse, engourdie d'une rosée blafarde, puis se condensa et étala un trou béant laiteux, rampant sur les buissons, le bassin d'ornement, le nymphée et les parterres de fleurs enluminés de tulipes et de jacinthes : la reptation glaçante de l'œil d'Acrisios ! Le commando d'élites se recroquevilla au cœur des bosquets denses, certains épousaient le tronc d'illustres chênes ou de corpulents platanes d'Orient. Antinous cassa le mutisme sépulcral du groupe de combat :

– On va se faire tirer comme des lapins...

– Chuuut ! nous risquons de perdre le bénéfice de l'imprévu... annonça le jeune lieutenant.

Le rapace métallique bifurqua vers la place d'armes, s'immergeant dans la nappe brumeuse. Seul le bruit du rotor — allant decrescendo — prouvait encore de la présence de l'engin.

Pendant ce temps-là, le stratège Ambriosios attendait le moment fatidique de l'opération militaire, suspendu à son oreillette, le fil accroché mollement autour de son oreille. On décelait tout juste l'entrée secondaire du palais, nappée d'un givre laiteux. La frondaison des bosquets formait des silhouettes blanchâtres d'âmes déchues, précipitées dans le Cocyte, un des fleuves des Hadès. Il regarda son chronographe-bracelet, les secondes s'étiraient à n'en plus finir… Le seigneur du temps, Chronos, savourait son hégémonie ! Des bruits grésillaient dans l'oreillette, suivis de phrases codées issues de plusieurs radios, postés à quelques stades de là, en périphérie de la cité. Il eut soudain un sursaut, le crochet de l'oreillette tomba sur ses genoux. Il le replaça délicatement et se tourna vers son bras droit, le lieutenant Dareios, ainsi que Céryx et Épiméthée.

– Ils arrivent ! nous devons nous préparer à lancer l'assaut…

– Et les chars de combat d'Acrisios, et le service de sécurité du palais… Qu'en faisons-nous ? émit plaintivement Épiméthée.

– Pour faire une omelette, il faut casser les œufs ! renchérit le militaire.

Au-dessus de l'agora du palais royal, le bruit croissant d'un rotor annonçait la présence de l'helixpteron. L'engin dévoila son ventre sombre, haché par des filets de brouillard aux formes évanescentes, sous les premières lueurs de l'aube. Le vaisseau resta un moment en sustentation, le projecteur de poursuite décrivant un ballet aléatoire sur les pavés et les antiques bâtiments aux acrotères flamboyants. Puis il décrocha vers un autre quartier… Le commandant Likanor observa l'aérodyne s'enfoncer dans la bruine matinale d'Argos. Soudain une déflagration ébranla le quartier, les vitrines des luxueuses boutiques volèrent en éclats. Le son des turbines de l'helixpteron partit dans les aigus. L'engin de sécurité émergea de nouveau au-dessus du palais royal, soumis à un roulis inexorable, une fumée noire s'échappant de ses entrailles. Il louvoyait dangereusement dans les airs — l'aurige ayant manifestement du mal à redresser l'aéronef. Deux vaisseaux de combat pénétrèrent le champ visuel du commandant Likanor. Le plus proche s'approcha de l'helixpteron, puis le chasseur de combat lança une nouvelle salve, mettant un terme à la primauté aérienne de l'aérodyne. L'engin tangua un laps de temps puis piqua du nez dans un bruit assourdissant, pour finir sa course sur les pavés de l'immense place d'armes. Des amas d'étincelles rayonnèrent suite à la violente collision sur le sol pavé, le moteur prit feu et les pales se tordirent dans un fracas étourdissant, le rotor explosant sous la puissante contrainte physique. Les deux vaisseaux de combat se placèrent ensuite devant les trois blindés, placés devant les grilles du palais afin de le protéger des révolutionnaires. Un des chars de combat dirigea illico son fût de canon vers l'aérodyne, mais il n'eut pas le temps de lancer la riposte qu'un missile émergea de sa tanière de métal, rugissant sous l'effet de la vitesse, et faucha le char d'assaut, ripant sur les pavés de l'agora et explosant sous l'effet de la charge utile. Le char de combat se retrouva en équilibre instable sur le flanc d'une chenille. Les deux auriges et les combattants des deux autres chars s'extirpèrent des tourelles, un bout de chiffon blanc dans la main. La bataille pour la reconquête du pouvoir venait de s'engager !

La pluie fine cessa, et avec elle expirèrent les dernières flammèches de l'incendie de l'helixpteron, laissant une épaisse fumée d'un noir charbonneux s'élancer vers l'assaut d'un ciel encore laiteux. Le fuselage calciné de l'helixpteron et le char d'assaut devinrent les funestes demeures de leurs défunts occupants. Le groupe de combattants des Mille d'Argos émergea des ruelles avoisinantes et forma un large cordon sécuritaire sur toute la largeur de l'agora. Ils avançaient prudemment, leur fameux fusil d'assaut fermement ancré dans leurs mains. À quelques pas des grilles du palais, le commandant Likanor fit signe à ses fantassins de s'arrêter. La main posée sur l'oreillette, il attendit la suite des opérations… À son zénith, les aéronefs de chasse tournoyaient autour de la place d'armes, tels des charognards en quête d'un fructueux repas, et passaient régulièrement au-dessus de la résidence royale, lovée dans son cocon de givre lactescent.

Côté jardins :
Hécato regarda d'un œil d'effroi le jeune lieutenant Antimaque.
– Ça chauffe sur la place d'armes ! Le commando lui fit signe de se taire, il était en communication avec le stratège Ambriosios.
– Bien, Seigneur Ambriosos, on patiente…
Dans la fourgonnette, le temps partait à l'orage. Céryx regarda avec des yeux exorbités le visage d'Épiméthée puis s'accrocha au dossier du fauteuil d'Ambriosos, lui décochant d'amères remontrances :

– Commandant ! Que faites-vous ? C'est le moment d'agir, l'heure cruciale du combat, et vous dites à votre équipe d'attendre ? Je ne…
– Taisez-vous, Céryx, j'ai des ordres venant de plus haut. On attend, c'est tout !

Retour sur la place d'armes :
Le corps d'élites du roi, des mercenaires et quelques gardes du corps émergèrent du palais, lourdement armés. Le bataillon des Mille se plaça en position de tir, observant d'un œil aiguisé la progression des fantassins sur l'esplanade du palais. Le bruit perçant des deux vaisseaux d'attaque s'amplifiait au-dessus de l'agora, formant une chape de plomb martiale ; le seigneur de la guerre, Arès, approuvait cette joute fratricide du peuple d'Argos. Une guerre civile offerte à la faucille du sombre Thanatos, le dieu de la mort.

Soudain un bruit de fond émergea des entrailles de la cité, telle une armée de fourmis serpentant dans le limon des ruelles et des venelles d'Argos — le pavage offert au célèbre bataillon des Myrmidons, les fantassins du grand Agamemnon —, le cliquettement des crépides[34] battant la cadence et s'amplifiant à mesure que la masse humaine progressait vers la place d'armes. Jaillissant des froides venelles, de frêles silhouettes dressaient leurs falots aux éclats blafards, créant des formes chimériques issues des profonds Hadès, sur les murs et les frontons des luxueuses demeures aristocrates. Le peuple fondit sur la place d'armes et s'assembla en une seule entité, dont la tête n'était autre que la première dame d'Argos, du physique vigoureux de Persée et de l'image frêle du sénateur Cinésias. Le peuple les accompagnait, du noble eupatride[35] au plus pauvre des thètes[36], les regards haineux, dessinés sur des visages d'albâtre. Un grognement profond s'extirpait de la gorge de ces pauvres hères ; le grognement de la colère et de l'amertume ! Tels les bras foisonnants d'un Titan Hécatonhire, l'agora dégorgeait de monde jusque dans ses voies affluentes, illuminées des feux frémissants des flambeaux et autres brandons dressés vers la voûte céleste. Au-dessus de la place d'armes, les deux vaisseaux de combat restaient en position stationnaire, leurs faisceaux lumineux rouge et bleu, clignotant sur le bleu outremer du velours du ciel, d'où d'éphémères étoiles éparses scintillaient durant quelques gouttes de clepsydre... le temps que l'astre solaire Phébus renaisse de ses cendres.

Danaé ressentait cette atroce force d'angoisse enveloppante comme une chape de plomb la place d'armes. Des vapeurs blanchâtres s'échappaient des lèvres râpeuses de la foule, affligée d'un froid cinglant. Elle tourna la tête en direction de son fils. Il n'avait jamais été aussi beau, aussi puissant et sombre qu'en cet instant, où une averse de la nymphe Néphélée se déversait sur des hommes, des mères et des enfants en proie à la plus grande oligarchie que l'Argolide ait pu enfanter... Persée semblait si sûr de lui ; il était devenu un homme, avec toutes les contingences que son destin lui apportait. Sa silhouette se détachait sur le gris terne de l'agora. Des traits coupés à la serpe, des contours des arcades jusqu'au menton, anguleux, acérés sur le flou des péristyles encadrant l'agora d'Argos. Une barbe de trois jours accentuait son visage coriace et des mèches de cheveux partaient à l'aventure, renvoyant au prince l'image forte d'avatar d'Agamemnon. Un roi en devenir... En cet instant elle en éprouvait de la fierté mais aussi de la crainte, la peur de le perdre, une mère comme tant d'autres, sans les artifices du pouvoir et ceux de la richesse. Une mère, simplement...

Les gardes d'Acrisios stationnaient devant les grilles en fer forgé du palais. Le peloton s'étirait sur toute la largeur, prêt à en découdre. Persée s'avança de quelques pas jusqu'aux volutes décorant l'immense portail, enrichi de dorures en forme de coquillages et du faciès du dieu Poséidon sur le fronton de l'arcade en verre de jade.

— Si tu t'approches ils vont tirer ! s'exclama-t-elle d'une voix tremblotante, en lui retenant le bras. Il se retourna et eut un regard sombre. Ses yeux avalaient la lumière ; deux trous noirs absorbant l'espace-temps.

— Mère, ne suis-je pas le fils du maître de l'Olympe ? d'un à-coup il se dégagea de l'emprise de sa mère, et, accompagné du stratège Likanor, il se rendit jusqu'aux grilles du portail, dont le commandant et quelques fantassins d'Acrisios s'y étaient regroupés. La bouche de Persée frôlait les barreaux, dégageant des volutes de vapeur à faire pâlir le fleuve Phlégéton[37]. Danaé laissa son bras tendu vers ce vide abyssal qui les séparait, elle voulut répliquer mais n'en eut pas la force.

— Quel est ton nom, officier ? Le visage rasé de près et l'œil acéré, le stratège dégageait une vigueur hors-norme. Il dépassait Persée d'une tête. Le casque corinthien s'ornait du blason des Atrides.

— Cépheus, Seigneur Persée. Que les deux auriges des chasseurs d'attaque posent leurs vaisseaux, faites disperser la foule et remettez-vous aux ordonnances du roi Acrisios. Vous n'avez aucune chance face aux forces de l'ordre… Le port de tête noble, Cinésias se rapprocha de la grille, le cliquetis du thyrse sur les pavés de l'agora surprit Persée.

— Des ordonnances ? n'avez-vous pas conscience de la gravité de la situation ? Regardez la foule qui s'amasse comme un seul homme ! Le peuple crie "Dike !", "Justice !". La nation souffre des caprices d'un roi… L'heure est au règlement de compte.

Danaé s'invita dans la conversation :

— Stratèges et nobles fantassins du royaume d'Argos ! Écoutez-moi ! Les regards se tournèrent vers la princesse d'Argos et de Sparte. Je suis votre mère, votre parèdre… Le Seigneur de l'Aéther m'a offert ce qu'aucune autre mortelle n'aura probablement jamais : un fils, un enfant issu des amours d'un dieu et d'une mortelle. Notre Seigneur a décidé de remettre de l'ordre au sein de la Maison Atride, et la Maison Atride est aussi votre *oikos*[7], votre demeure. Baissez les armes et ouvrez votre cœur au fils de Zeus Agétor, le chef des armées, et laissez la Maison Atride rendre ses comptes dans le secret du foyer. Il en va pour le bien de la nation, nous ne pouvons pas continuer à nous entre-déchirer…

Un silence pesant tomba sur la place d'armes. On entendait les pleurs de quelques nourrissons, des quintes de toux entamant l'étrange quiétude du lieu, et des exclamations de colère montant à l'assaut du ciel. Les deux vaisseaux de combat s'illuminaient des premières ardeurs de l'étoile Phébus. Un rai de soleil s'invita sur l'agora et tomba, comme le fruit du hasard, sur les épaules de Persée. Un simple fantassin rompit le silence :

— Peux-tu nous le prouver ? Persée se tourna vers lui. Le combattant stationnait derrière la première rangée du commando d'élites d'Acrisios.

— Je ne te connais pas, fantassin, mais ce dont je suis sûr, c'est qu'aucun d'entre vous n'aura à craindre pour lui et son foyer. Des preuves ?! je ne peux t'en fournir, mais l'avenir dira si j'avais raison de renverser le trône. Ouvrez le portail, et rangez-vous de notre côté, celui du renouveau…

Les gardes se regardèrent, dans une prostration déconcertante. Des rayons de lumière percèrent les nuées ; les faisceaux de l'astre Phébus effleuraient les toitures de l'antique Argos, découpant l'espace de la place d'armes en de multiples rayons parcellaires d'un ocre ambré. Le stratège Cépheus dressa la tête au-dessus de la place d'armes, troublé par ce tableau chatoyant. Il releva son fusil d'assaut, l'observa un court instant et le posa à même le sol. Cépheus se retourna devant ses soldats, le regard profond et les traits du visage marqués par la tension. Un fantassin se rapprocha de son supérieur et déposa son arme, puis un second suivi d'un autre compagnon d'armes… Les armes s'amoncelaient à vue d'œil, devant les yeux médusés de la populace. Lorsque le dernier hoplite abandonna son arme, Cépheus se retourna et ouvrit le portail. Persée pénétra le premier sur l'esplanade du palais. Le stratège se mit au garde-à-vous, ses subalternes en firent de même, postés de part et d'autre de l'allée principale, menant à l'entrée. Danaé, Cinésias et des membres de l'Assemblée suivirent, sous les regards de la foule en délire, criant et frappant dans les mains. Le peuple était au comble de la joie, commençant une nouvelle ère sous d'heureux auspices.

Durant leurs progressions en direction de l'entrée, les deux chasseurs de combat grimpèrent d'un demi-stade et traversèrent rapidement l'espace du palais du roi Acrisios, puis se disjoignirent dans une minutie chirurgicale… Les feux des vaisseaux décrivaient deux gracieuses courbes enluminées de traits rouges et bleus. En sortie de réacteurs, des traînées d'échappement décoraient le ciel de châles d'un ocre brun. Pendant ce temps-là, le stratège Likanor communiqua dans son microphone avec son supérieur, le commandant Ambriosos.

Côté jardins :
Ambriosos interpella le lieutenant Dareios, Céryx et Épiméthée. " On ferme ! et on se retrouve sur le parvis du palais. L'affaire est conclue, dit-il d'un air réjoui. Lieutenant Antimaque ! merci de rameuter votre compagnie et de nous retrouver sur la place d'armes afin de ramener le calme au sein de la population !" lança-t-il dans son microphone serre-tête.

Sur le parvis du palais d'Argos :
– Où se trouve mon grand-père ? demanda Persée au stratège Cépheus, juste avant de pénétrer l'antique manoir d'Agamemnon.
– Dans son cabinet privé. Notre… seigneur Acrisios est des plus souffrants…

Dès l'entrée, le secrétaire d'État, le service de sécurité, le personnel d'entretien du palais, les jardiniers, les femmes de ménage et les cuisiniers attendaient le futur roi d'Argos. Ils se prosternèrent devant Persée. Le secrétaire se présenta et guida Danaé et Persée jusqu'au cabinet du Wanax… Ils traversèrent la salle de réception : le salon Pourpre. La cuve aux ludions dévoilait une tragédie écologique et financière à la charge de l'État, issue des caprices d'un homme. Sous une de ses crises de colère illustres, le Wanax explosa l'immense vitre de l'*étherium*, un échec scientifique qu'il refusait d'assumer seul, réfutant les propos des spécialistes en écologie, des zoologistes et des climatologues, les accablant et les limogeant sur le champ, de ne pas lui avoir donné les principaux éléments permettant le couronnement de cette expérimentation en vase clos : l'observation et la reproduction des ludions. De ses occupants gélatineux, il ne restait plus rien, sauf l'amoncellement putride des éléments nutritifs se décomposant au fond de la cuve.

Ils montèrent à l'étage, et après avoir parcouru une cinquantaine de pas, ils pénétrèrent dans l'antre du seigneur Acrisios. Dès l'entrée, Persée aperçut le majordome du roi, le sceau des Atrides suspendu à son cou. En entrant, sur la droite, le médecin personnel du Wanax se penchait sur un corps, allongé sur un lit d'appoint, voulu par son seigneur afin de bénéficier à plein-temps du cabinet de travail. Le praticien se redressa, offrant aux regards de Persée et de Danaé l'image d'un homme voué corps et âme à son maître ; au revers de son col, le caducée d'Esculape y était soigneusement brodé. Il se pencha et souffla quelques mots dans le creux de l'oreille du monarque. D'une main fébrile Acrisios lui demanda de se retirer ; le majordome fit de même, lançant un regard noir au nouveau jeune maître du palais. Le médecin se rapprocha de Persée, fit une rapide *proskynèse*.

— Seigneur Persée, notre Seigneur est au plus mal, merci de ne pas étirer votre présence dans le cabinet de travail, et penchez-vous, car notre Zeus Oikos devient sourd et sa voix est faiblarde…

Persée s'approcha du lit, d'un pas léger. Son regard remonta lentement jusqu'au visage glabre du despote, dont des veinules d'un rouge rubicond y serpentaient. Le corps, enfoui sous des draps de soie, avait perdu son illustre masse corporelle. Le faciès du roi s'était affaissé dans les plis et replis des rides, amplifiés par une importante perte de poids, causée par la maladie. Les yeux d'Acrisios s'engonçaient dans des orbites bleuies par la fatigue et la vieillesse. Sa bouche n'était plus qu'un mince trait, dessiné de deux lèvres flétries et craquelées d'un violet cramoisi. Sa tête s'enlisait dans un oreiller d'une blancheur immaculée. Des mèches blanches et grises formaient un diadème au-dessus de sa tête ; image symbolique d'un roi déchu. D'un geste bref et fragile, il lui demanda de se rapprocher, pendant que Danaé patientait, hors de son champ de vision. Une écume s'échappa d'une commissure des lèvres, lorsqu'il se mit à parler.

— Tout le portrait de ta mère, lança-t-il. Qu'elle s'approche ! Danaé fit les derniers pas jusqu'au chevet de son père. Elle craignait ce fameux rendez-vous, qu'elle ne pouvait éviter. Et tout en avançant elle remit de l'ordre brièvement dans sa coiffure et retoucha le drapé du chiton, dont l'une des agrafes s'était détachée. Malgré les embûches, malgré les épreuves, et bien que les âges s'amoncelassent au fil du temps, elle resplendissait. L'image de son visage s'immergea dans l'œil fatigué du potentat ; le poids du passé ressurgit de son esprit, augurant une étrange connexion entre l'image d'une jeune princesse destinée au célibat et le regard glacé d'une aristocrate, âgée d'une douzaine d'olympiades. Leurs regards se télescopèrent, enchevêtrant haine et attachements familiaux, où le poids du repentir amplifiait cette sensation de malaise. Elle n'osa le toucher, lui apporter du réconfort, une quelconque preuve d'amour filiale. Un Chaos insondable les séparait, que dire : le gouffre des Apothètes semblait bien trop chétif face à ce qu'elle vivait et ressentait en cet instant.

— Tant de souffrances ! s'exclama-t-il.

— À qui la faute ! lança-t-elle, le visage fermé. Pourquoi ? Répondez-moi, mon père. Quelle est donc la cause de cette haine qui vous a tant habité, jusqu'à prendre l'horrible, que dis-je, l'arrogante résolution d'éliminer les fruits de vos entrailles ? Les paupières d'Acrisios se refermèrent comme une palourde, puis mi-clos, il regarda son petit-fils dans les yeux.

— Je ne saurais dire si des *daémons* ont habité mon esprit, où l'œuvre d'un moment d'égarement suite à une surcharge de travail, ayant causé du tort à mes facultés de discernement.

— Juste un moment d'égarement ? Le temps, vous l'aviez, afin de mettre un terme aux soubresauts de vos humeurs… Vous étiez entouré, appuyé par vos conseillers et votre famille, mais vous n'avez rien voulu entendre des remarques de vos proches et du peuple criant à l'*infanticide*. Vos peurs, votre anxiété de perdre le trône ont égaré votre sens du jugement et vous ont fait perdre la raison, mon PÈRE. Elle posa une main sur son cœur, en proie à de trop fortes émotions. Un instant son corps frêle tangua comme un navire en perdition, soumis aux fameuses colères du dieu Poséidon. Persée accourut et la retint :

— Mère ! il la déposa sur une kliné[38], placée au pied du lit. Voulez-vous un peu d'eau ? Elle secoua négativement la tête et repoussa gentiment le corps de Persée.

— J'ai besoin d'air… de respirer… Il s'agenouilla près du fauteuil, ses mains enveloppant les siennes. Elle redressa son visage livide, le regard pratiquement à hauteur de celui d'Acrisios. Que suggérez-vous, maintenant que la déesse Thémis frappe à votre porte ?

Il tourna la tête en direction du bureau, débordant de dossiers administratifs, bulles et ordonnances de toutes sortes. Au-dessus du secrétaire — datant de l'empire d'Atrée — la tapisserie des Ateliers des Manufactures Royaux (aux couleurs rouge et bleu des Atrides), dévorait le mur du fond des œuvres magistrales du grand Agamemnon, assiégeant la cité de Troie.

— Ce n'est pas la déité de la Justice qui frappe à ma porte, mais bien la faucille du dieu Thanatos, tranchant le fil ténu de ma vie, afin de l'offrir au lugubre Charon.

— Avant que la justice des dieux rende sa sentence, il faut passer par celle des hommes, enchaîna Persée, mais avant de franchir le seuil du tribunal de l'Héliée, il serait bon que mon grand-père aille se recueillir dans l'Artémission de Thelpusa, afin d'honorer Artémis Lusia, pour qu'il soit guéri de sa *fureur*…

– Persée ! hurla Danaé, je ne te permets pas de parler ainsi à ton grand-père. L'étiquette est de rigueur, quelles que soient les causes de l'adversité. En tout temps et en tout lieu... Elle retourna son visage vers son père. Son regard captit l'image d'un homme défait par ses sautes d'humeurs, les conflits armés avec la Nouvelle-Athènes et la Macédoine et le combat contre la maladie. Il n'était plus que l'ombre de lui-même, s'étant écarté de ses plus proches amis et collaborateurs par trop d'ardeurs à vouloir étirer son empire.

– Laissez-moi me reposer à présent, faites ce que l'impératif monarchique exige de votre personne. Le protocole, avant tout, le protocole... Il pivota la tête vers la broderie aux points d'aiguille détaillant la conquête de la cité d'Ilion ; de hauts faits de chevalerie que le Wanax ne cessait d'admirer...

***

Un Phébus rubicond diffus s'élevait au-dessus des terres d'Argos, déchiré par des lames de nuées d'un rouge carmin. La brume enveloppait les terres agricoles et les deux acropoles de l'antique cité d'Atrée de son manteau froid et humide, apportant un panorama figé aux regards de Danaé, l'esprit bouleversé par une famille déchirée. Génération après génération, les mêmes chroniques nécrologiques se répercutaient au sein de la dynastie atride : le meurtre fratricide et la trahison — *comment mettre fin à ces maladies ?* Sur le linceul de la brume, un vol d'oiseaux migrateurs traversait la plaine argienne. On toqua à la porte...

Droit comme une lance d'hoplite, le majordome inclina le buste. La sévérité de son visage contrastait avec ses paupières cramoisies et ses yeux embués par de récentes larmes. Une perle s'échappa du coin de l'œil et dévala le relief austère de son visage, serpentant entre les rides et le modelé ascétique de son crâne. *Le tyran est mort*, songea-t-elle. D'un pas rapide elle le suivit, parcourant les quelques pas, séparant sa chambre de celle d'Acrisios. En entrant, les deux médecins officiels encadraient le lit du défunt. Une femme de chambre finissait de nettoyer la pièce à la va-vite, fit une *proskynèse* devant la princesse puis s'éclipsa... Sur la table de chevet, une ampoule retint son attention.

Danaé coula jusqu'au buste du monarque, le visage d'un crayeux cadavérique. Ses mains agrippaient un livre ouvert, déposé sur son torse.

– Notre Seigneur s'est éteint durant la nuit, Votre Altesse. Il est mort suite à une ingurgitation de ciguë... une dose mortelle.

– Qui l'a découvert ?

– Le majordome, vers 6 heures. C'est lui qui nous a prévenus. Nos chambres n'étant qu'à quelques pas de là.

– Persée est-il au courant ?...

– Le majordome s'en est allé l'avertir, Altesse.

– À part le prêtre et le thanatopracteur, aucune personne ne doit désormais pénétrer la chambre ! Vous avez compris ?

– Oui, Votre Altesse.

Elle se pencha sur l'ouvrage et lue quelques mots. *"Criton !* dit Socrate en buvant la ciguë, *nous devons un coq à Esculape. Tu le lui offriras..."* Le Phédon, dit-elle tout bas. *Il faut que j'avertisse les magistrats afin de préparer des funérailles militaires*, ajouta-t-elle. Persée faillit débouler dans la chambre puis se ravisa de justesse, entrant sur des pattes de velours. Il vit sa mère penchée sur le corps d'Acrisios, une main posée sur le livre. Les médecins s'inclinèrent et laissèrent la famille se recueillir.

Elle tourna la tête en direction de son fils. *Le roi est mort. Vive le roi !* songea-t-elle en voyant le nouveau maître d'Argos...

***

Un helixpteron stationnait à quelques centaines de pas du sanctuaire d'Héra Akreia, les pales rabattues dans leur logement commun. Au zénith de la baie de Pérachora, située au bout du golfe de Corinthe, la galaxie du Léthé dévoilait sa parure de diamants ; les étoiles étincelaient sous le regard de dame Eurydiké, assise dans l'enceinte de la Stoa du temple oraculaire de Corinthe. Un brasero y avait été installé, dont la lueur des flammes léchait les péristyles, dégageant son aura rougeoyant sur le visage sublime de la confidente de Danaé : le scalpel du chirurgien esthétique s'était aventuré sur son visage et sur son corps, afin de remodeler une plastique subissant l'assaut inéluctable du dieu Chronos ; le temps étant toujours l'ultime gagnant de ce jeu de dupes qu'est la vie de simple mortel. La lune Hêllen gravissait la voûte céleste, offrant son halo argenté à l'écume des vagues, dégageant ses acmés sensuelles sur le rivage du cap de Pérachora. La crique servait d'écrin à l'héraion[32] d'Héra Akreia, la patronne d'Argos, protectrice de la gent féminine, déesse de la jeunesse et de la fin de l'insouciance.

Sur le parvis du sanctuaire, deux gardes du corps en protégeaient l'entrée, armés de fusils d'assaut et protégés d'un gilet par balles. À l'intérieur de l'édifice sacré, de petits braseros réchauffaient et illuminaient le saint des saints : la *cella*. En son cœur, la dame de Perachora y trônait, debout, un bras tendu vers la croyante offrant à ses divins *bras blancs* une *Adoratio*. Danaé se redressa et prononça une prière, remerciant Héra Akreia d'avoir protégé son enfant, puis la princesse décrocha sa broche d'argent et la déposa dans une coupe destinée aux offrandes et autres *ex-voto*. Aux pieds de la déité, une pléthore d'objets votifs y était déployée, montrant au simple mortel la puissance de la dévotion. Après avoir lustré les divins pieds d'albâtre, elle sortit du temple et redescendit les quelques marches, dont l'embrun venant du golfe s'y déposait. Danaé dépassa les deux gardes et se dirigea vers l'enceinte de la Stoa où l'attendait sa fidèle confidente. Sur sa droite, l'humeur maussade de la mer s'était accrue, amplifiant le roulis des vagues — les cavales de Poséidon longeaient le golfe de Corinthe. Elle s'arrêta un instant, admirant la demeure changeante du dieu de la mer. Sur le velours du ciel, la lune Hêllen avait rejoint un anneau rouge vermillon : une supernova affirmait sa présence…

EXPOSANTS

1. Le cuisinier
2. Surveillant, inspecteur
3. Tuteur pour la femme et l'enfant
4. L'infirmerie
5. Le Sénat
6. Des valises
7. Le souverain et protecteur du foyer
8. Plante symbolisant la virginité et la continence
9. Classe sociale des artisans et des paysans
10. Chaise à haut dossier
11. Le Zeus du Tonnerre
12. Biscuits aux amandes
13. Corps d'élite de l'infanterie hellénique ; les "Boucliers d'argent"
14. Manteau à large pan
15. Charge fiscale apportée au peuple pour soutenir l'armée ; contribution appelée "impôt du vingtième"
16. Nobles et non nobles
17. L'Armée
18. femme ayant accouché pour la première fois
19. Le gardien de l'enclos (culte aristocratique)
20. Celui qui a les pleins pouvoirs
21. Les valises
22. Enceinte d'un temple ou le temple lui-même
23. Fête que l'on célébrait à Athènes en l'honneur d'Athéna
24. Zeus le Terrible
25. Jugement d'expatriation
26. Hautbois à double anche
27. Petit-déjeuner
28. Lutteur et boxeur grec. Vécu au Ve siècle av. J.C
29. Divinité de la raillerie et bouffon du dieu Zeus
30. La mère du roi
31. Temple d'Asclépios, dieu de la médecine
32. Temple de Héra
33. Assemblée relevant de plusieurs entités helléniques : cités-états, ligue unifiant plusieurs tribus

34. Sandales
35. Classe sociale la plus haute des Hellènes
36. Classe sociale la plus pauvre
37. Un des fleuves des Hadès
38. Fauteuil de table, où l'on s'allonge pour prendre le repas

DOCUMENTATION

- Le dictionnaire des antiquités grecques et romaines de Daremberg et Saglio, numérisé sur le site Internet de l'Université de Toulouse le Mirail, France ;
- Le site Gallica ;
- La revue Kernos ;
- Le site Persée ;
- Le réseau Internet ;